怀念是春天的草

Huainian Shi Chuntian De Cao

王道琼　著

对逝去亲人的怀念
　　永远沉积在内心深处
在某些时刻又会如
　　春天的野草般疯长

时代出版传媒股份有限公司
安徽文艺出版社

图书在版编目（ＣＩＰ）数据

怀念是春天的草/王道琼著. —合肥：安徽文艺出版社，2015.1
（2022.7重印）
ISBN 978-7-5396-5268-9

Ⅰ. ①怀… Ⅱ. ①王… Ⅲ. ①散文集－中国－当代
Ⅳ. ①I267

中国版本图书馆 CIP 数据核字(2014)第 296582 号

出 版 人：姚 巍　　　　　　　封面题字：李晓秋
责任编辑：王婧婧　　　　　　　装帧设计：褚 琦
···
出版发行：安徽文艺出版社　　www.awpub.com
地　　址：合肥市翡翠路 1118 号　　邮政编码：230071
营 销 部：(0551)63533889
印　　制：山东百润本色印刷有限公司　　(0635)3962683
···
开本：889×1194　1/32　印张：8.25　字数：150 千字
版次：2015 年 1 月第 1 版
印次：2022 年 7 月第 2 次印刷
定价：49.80 元
···

"收到没有？拍一下！"

——与王道琼就阅读与创作一席谈

文/苏北

一

现在散文创作,如果有人统计,估计每分钟都要有几百篇诞生,几乎是全民动员的样子。在这里,当然是良莠不齐;不过亦无妨,写作嘛,往大里说是从事精神劳动,而往小里说呢,不过是个人情感的表达。人,是个情感动物。其实不管写与不写,都会有情感的表达,只是方式不同罢了。广义地说,唠叨、诉苦、喋喋不休,甚至吵架骂街,都可以归到情感表达里。这不过是人类的基本倾诉方式。

诚然,作为每一个个体生命的人,都必须有情感渲泄的出口,如果你不让他(她)说,憋着、忍着、压抑着,久了,不是抑郁了,就是傻了、呆了。你看那些妇人整天叽叽喳喳,你再看那些老爷们整日吆五喝六,这都是正常的表现,同写作一样,是将自己的情感进行渲泄。写作,不过是这古老的千百种渲泄方式之一种罢了。

这样来一讲,如果夸张地说,全民动员也就不奇怪了。特别是散文写作,它比诗歌的写作还要广泛,当然更不是小说可以比拟的了。

在众多的散文写作中,要想写好,写出特色,这当然也不是一件容易的事,这里面的玄奥和苦衷,是多方面构成的,非一言半语可以尽矣!

我在来安工作过几年,在我青春岁月的时候,——唉!我已开始谈论青春岁月了,可见我已趋于衰老,这当然是没有办法而无奈的事,——所以我对来安有一种特别的情感。在滁州诸县中,除我家乡天长外,我大约对来安是最具深情的,尤其是古镇半塔,我曾在那里工作过三年,那里有我青春的影子,也有我文学阅读与创作的开端。所以,当秦骏让我给王道琼的散文集写序的时候,我首先会同意的,是她是来安人。

我将王道琼的散文集《怀念是春天的草》中的散文读了大部分,坦率地说,其中有许多篇什我还是很喜欢的。王道琼的散文虽然短小,——短小,并不是不好,要精粹了,里面有几句拨动人心的话,写出"我心中有但我笔下无"的感觉,那更加是妙了。——但如果没有这些特别的感觉,那么短小,就无异于略显单薄了。或者,她的短小的散文,更像是散文诗。其实,有的,王道琼可能是作为散文诗来写的。我猜想着。

还是回来说,王道琼的散文虽然短小,可仍有拨动我内心的一些语言、感觉和情绪,让我愿意看下去,不仅仅是为写序而硬着头皮看,——而是更愿意阅读这些文字,被她的情感所牵引、牵挂下去吧。

我试着举一些例子:

萍醒来时,一场闹剧正在上演。两个信基督教的老妇人一边划着十字念叨"主啊,让她回来吧",一边揉搓着萍母亲的双手。因被揉搓的缘故,萍母亲两只冰冷的手渐渐地柔软温暖起来。因天气炎热,尸体开始发胀,萍母亲原先紧闭着的唇露出了牙齿,使得她的面容看起来竟像是含着一点笑意,仿佛她只是睡着了,在做一个甜美的梦。虔诚的基督徒们却惊喜地喊道:"你们看啊,嫂子快活过来了,手都变软和了,在笑呢!主啊,让她快活过来吧,阿门!""快舀点水来,嫂子渴了,要喝水。"这时,围在萍母亲四周的人们——平时从不信教的人们,都静默着,睁着半信半疑的浑沌的眼睛盯着那张苍白的面孔。有人舀了水来喂。透明的液体从萍母亲嘴

巴上方流下,触到她的肌肤、牙齿,在嘴角处分成两小股流向脖颈,流到垫在她身下的床单上。(《逝》)

远远地看客车来了,文杰试图下来,母亲搂紧了他。他看我向路边走去,一边拍打着母亲,一边向我伸着手,哭喊着:"妈妈,不要走——! 妈妈,带小杰一块走!"我的心房被剧烈地撕扯着:"小杰,妈妈得回去上班,不上班就没有工资,没有工资就不能给小杰买吃的,买穿的,就不能给小杰上学。""小杰不要妈妈上班,小杰不要上学!"——我多想走上前去抱抱他,亲亲他,可我不能啊。上车前,我还是忍不住拉了拉下他的小手。他立刻紧紧地抓住我的手指:"妈妈,不要走——!"泪水,已快要冲出我的眼眶。我使劲甩掉他的小手,扭头就走。(《孩子,不是妈妈想走》)

我将竹篮放在路边,双手捧着麻雀走到不远的山坡上,先轻轻地把它放在地上,然后找了根小木棒挖了一个小坑,接着摘了几片大麻叶,先在坑里铺了两张,小心地把麻雀放了进去,再把剩下的几张盖在上面,并在心中默默地祈祷着:"安息吧,可怜的麻雀。"覆上土以后,我静静地站了一会儿,然后一步三回头地走了。(《小麻雀》)

在以上三段引文中,关于萍母亲死后众人的表现的描写十分精彩,也许生活本身完全是如此。这也可见生活永远比文学精彩。文杰的描写也十分生动,母亲"我"的感情拿捏也十分准确。说千道万,其实准确永远是第一位的。至于小麻雀,孩子的心理写得惟妙惟肖、逼真可信。

也可以再引几段:

年少的我们当然也有抵抗不了诱惑的时候。老街上的供销社是我和伙伴们经常去逛的地方。浏览完琳琅满目的商品后,总是不忘趴下身子看看柜台底下有没有掉下去的分币。运气好的话,也能捡到一两枚分币,然后和伙伴们一起哄到校门口的小店买了萝卜干或炒花生吃——两分钱就可以买到满满一把呢！一人分一点,然后是慢慢地吃,细细地品,那可真算是天底下最快乐的事了！过后想起却总有点惴惴不安。(《一枚分币》)

清楚地记得有天上语文课,同桌用胳膊肘碰碰正在打瞌睡的我:"你看你弟弟。"晕晕忽忽的我抬头往教室门口看去,只见靠着门框的弟弟把裙角攥在手里揉,露出光光的泥鳅般的身子,而眼睛却死死地盯着黑板！恰好老师回头也看到了,班里顿时响起一片笑声,我的瞌睡一扫而光,而弟弟也感觉到什么似的一溜烟地跑了。(《记忆中的裙子》)

在大理,一路上老是埋怨我们乱花钱的父亲竟破天荒的也给自己买了一对石球。在世博园里,我给父亲母亲拍合影时,父亲出其不意的搂过母亲的肩膀,"吓"了一跳的母亲一把将父亲的手给甩了下去,边笑骂边"打"着父亲。父亲呵呵地笑着,一旁的我们哈哈大笑,这应该是父亲一生中最浪漫的一次吧。(《怀念是春天的草》)

......

这一部分引文中,"趴下身子看柜台下的分币","弟弟裙子撩起露出的泥鳅般的身子","被父亲的一搂吓了一跳的母亲",等等,等等,既形象、生动、又风趣、俏皮,皆观察仔细,描写准确,文学的意韵丰富。

以上的这些都是我喜欢的,划线的是拨动过我的心弦的。

在王道琼的散文中,能读出忧伤的情绪,看见忧郁的眼神。她的有些感觉,还使我联想起(联想,是人类非常特别而又非常重要的感觉和经验)起伟大作家加西亚·马尔克斯笔下的文字,如,虔诚的基督徒们却惊喜地喊道:"你们看啊,嫂子快活过来了,手都变软和了,在笑呢！主啊,让她快活过来吧，阿门！"。我觉得颇具"鬼语也"（程颐语），或者说有"神来之笔"、"灵异之语"的味道了。《感谢曾经的饥饿》也是我喜欢的，但是还可以用一些夸张的手法，使生活变形些，就好比饥饿时出现的幻觉罢（幻觉：你能说幻觉不是真实的吗？）。文学，它来源于生活，但它是高于生活的。王道琼的成长经验告诉我们，她不缺少生活，但要把曾经的、过往的生活艺术化、经典化，才成其为文学。说白了，把生活变形。这是最笨的、也是最基本的方法。

《记忆中的裙子》也是我喜欢的，这是一篇非常好的散文。它的好，是有生活，有真实的情感。裙子，这个对于一个女孩子，本不是问题的问题，在少年的王道琼那里，却成了一道少年的痛，可她并不抱怨，这是最让人欣赏的。（下面说到的阿左林有一篇《安命》，与此文精神上是一致的）。

《一面之缘》我很是喜欢。这样的情感，在人生中能有那么几次，人生会温暖和安妥许多，也是人生暖流上升的动力。

《手》，也是我喜欢的。

读了以上这些散文，把这些小散文中的细节串起来，我倒觉得，王道琼不妨可以学习学习小说创作。这样零碎地把生活的细节随便用了，可惜。如果能规划好，写出一些有灵魂的中短篇小说来，似更好些。而且我从王道琼的文字里，我觉得她把心灵保护得非常好，在这容易让人心灵污染的社会氛围下，能保持一颗干净的心，不容易。这，也是我建议王道琼写些小说的根据。一个心地干净、心术耿正的人，笔下的文字是不一样的。

这个建议，不知王道琼认不认可？

二

散文的灵魂和味道，我以为，最主要的是要有独到的人生体悟和感觉,笔下的语言还要灵动,笔下当然有千万种方式。我想汪曾祺(又说到汪曾祺!)在很年青的时候,就很有感觉,而且笔下"灵异",道别人不常道之语。比如他的《昆明草木·百合的遗像》,写于1946年,那时他才26岁。我引一段:

下着雨,没有甚么事情,纱窗外蒙蒙绿影,屋里极其静谧,坐了半天。看看烧瓶里水已黄了,问"怎么不换换水?"孟说:"由他罢。"桌上有他批卷子的红钢笔,抽出一张纸画了两朵花。心里不烦躁,竟画得还好。松和孟在肩后看我画,看看画,又看看花,错错落落谈着话。

画画完了,孟收在一边,三个人各端了一杯茶谈他桌台上路易士那几句诗,"保卫比较坏的,为了击退更坏的,"现代人的逻辑阿,正谈着,一朵花谢了,一瓣一瓣的掉下来,大家看看它落。离画好不到五分钟。

看看松腕上表,拿起笔来写了几个字:

"遗像……某月日下午某时分,一朵百合谢了。"

沈从文亦有此能力。看看《湘行散记》,即可明白。《湘行散记》,可以反复去读,这样的文字读多了,就学会自己如何去驱使文字。他在《历史是一条河》《横石与九溪》里写的这些话,就不是我们平常人笔下能有的:

三三,我因天气太好了一点,故站在船后舱看了许久水,我心中忽然好像激悟了一些,同时又好像从这条河中得到了许多智慧。三三,的的确确,得到了许多智慧,不是知识。我轻轻的叹息了好些次。山头夕阳极感动我,水底各色圆石也极感动我,我心中似乎毫无渣滓,透明烛照,对河水,对夕阳,对拉船人同船,皆那么爱着,十分温暖的爱着!我们平时不是读历史吗?一本历史书除了告我们些另一时代最笨的人相斫杀以外有些什么?但真的历史却是一条河。从那日夜长流千古不变的水里石头和沙子,腐了的草木,破烂的船板,使我触着平时我们所疏忽了若干年代若干人类的哀乐,我看到小小渔船,载了它的黑色鸬鹚向下流缓缓划去,看到石滩上拉船人的姿势,我皆异常感动且异常爱他们!(《历史是一条河》)

船去辰州已只有三十里路,山势也大不同了,水已较和平,山已成为一堆一堆黛色浅绿色相间的东西。两岸人家渐多,竹子也也较多,且时时刻刻可以听到河边有人做船补船。敲打木头的声音。山头无雪,虽无太阳,十分寒冷,天气却明明朗朗。我还常常听到两岸小孩子的哭声,同牛叫声。小船行将上个大滩,已泊近一个木筏,筏上人很多。上了这个滩后,就只差一个长长的急水,于是就到辰州了。《横石与九溪》

还有一个西班牙作家阿左林,亦是"是这一个不是那一个"的独一份。多年前汪曾祺就念念不忘的推崇他,可以那时我们还不能读到他的书。近几年大陆出版了他的《西班牙小景》(乃徐霞村、戴望舒译)。才使我有幸读到这本书,细细去读,真是越读越妙,越读越感叹,越读越神奇(翻译过来还这么好,如同《百年狐独》一样的! 人类虽生活的地域和所用语言不同,看来有许多精神的东西是一致的)。这个阿左林,真是个"独一份"的作家! 他是那么的特别。他那么简洁,那么真诚。他几乎不浪费笔墨。一个西班牙人,他不懂得中国画,可他同样晓得白描的手法,晓得中国画式的留白。他的写作,他只写他知道的,从不故意去臆想捏造生活。他是那么的好,那么的短小,值得你一个字一个字的去读。他的确是一个可以培养作家的作家。

我来引用这篇叫做《安命》的短小的文字:

多思加诺先生住在一条冷落的街上。他的房间是一间屋顶楼。在那间屋顶楼里有一张桌子,一张床,一个柜子,一个洗脸台,两三把椅子和一个小桌子,还有些书。在墙上,你可以看到四五幅古画。

多思加诺先生戴着眼镜,生着很长的胡须,他衣衫褴褛,但是总是清洁的。他的粗布的衬衫非常干净。他是照例每天换衬衫的。

"多思加诺先生,"有时有些头脑简单的人问他,"听说你以前很有钱,是真的吗?"

多思加诺先生微笑了。

"我想是这样!"他用一种窘得有些滑稽的神气回答,"比此地坐汽车招摇过市的人还有钱,还有钱……"

多恩加诺先生家原来十分富有,他有漂亮的妻子和一双儿女,住在马德里,有车子和房子。可是因为生活的变故,他的妻子和孩子都死了,财产也耗尽,他搬到这个小镇上来度过自己的余生。作者把多恩加诺先生写得十分淡定。真是一种"曾经沧海"的人生。他虽贫困,衣衫褴褛,可总是十分清洁,粗布衬衫也每天都换,保持着自己人的尊严,这是十分可贵的。"淡定"和"尊严",应该是这一篇一千多字短小说的"精气神",或者说"文眼"。

文的最后作者写道:

一年中,每天在多思加诺都是一样的,每月都是一般无二地过去的。他收拾他的小房间,出门到博物院和图书馆去,去散步。他老是贫苦而清洁,老是穿着他的洁白无垢的衬衫。有一天,他的屋子看门人会看不到他走下来,接着人们会知道他是病了。几天之后,一口简陋而黑色的棺木会从门口抬出来。

"我对于什么也没有遗憾,我对于什么也不鄙视,"多思加诺这样说。"我将带着现在伴随着我的宁静死去。"

写上这些,是和王道琼交流阅读和创作的体会。不知王道琼是否能收到我以上的这些信息?我们学习TTT培训,培训师有一个重要的方式:每讲完一节,都要拍一下桌子,之后大声对台下的学员说"收到没有!收到拍一下!"于是学员们纷纷抬起头来,齐齐地在桌子上一拍,同时齐声喊道:

"收到了!"

我希望王道琼读完此序,能给我以同样的回报,拍一下,大声说:

"收到——!"

"好!收到,我们再接着往下讲……"

是为序。

2014年9月18-19日于合肥

目录
Contents

目录

◆ 第二辑　走在故乡的土地上

◆ **第三辑 雷锋，记忆中永远的碑刻**

◆ 第四辑 家有宝贝

第一辑

怀念是春天的草

独自徘徊在暗夜边缘,听觉无法触及的失落和伤感,拨动久已沉寂的琴弦。风中百合兀自娇妍,轻轻将思念折叠成纸船,放归岁月的河流飘远,飘远。一个长长的雨季,转过身去,泪水模糊守望的双眼。

女孩·冬雪

　　风停了,只有雪花在默默地飞舞着,飞舞着,自由自在地……

　　她拢了拢头发,缓缓地走着。默默地注视着这个纯洁的世界,她的心里感到空荡荡的。

　　雪中的房屋仿佛一座座晶莹剔透的宫殿,树木都已成雪白的了,仿佛漫山遍野盛开的梨花。也许真的是圣诞老人特意准备好送给她俩的吧。可现在,只有她一个人,一个人在白茫茫的天地里毫无目地走着,走着……

　　在小桥上,她停了下来。"小璐,小璐,这都是为了什么?你为什么不告诉我?"她的手里捧着洁白的雪花,眼眶里满是泪水。是的,她接受不了这个突然而来的事实,不能够。她想知道这一切都是为了什么,可迎接她的只是怨恨的目光和熟悉的背影。是的,她不了解小璐的隐衷,她只知道自己崇拜过她,把她当作可敬的姐姐,而且非常信任她。

　　她不知道,永远不知道这一切都是为了什么。她不能够理解小璐的目光。熟悉的一切怎么在一个转身之间就变得这般陌生呢?她的眼前又闪现出两人在一起的情形,那时是多么融洽呵,彼此没有丝毫的顾忌和猜疑,而如今,这一切都匆匆而去,不复存在。

　　她仰起头,伸开双臂,奔跑着,呼唤着:"雪花,雪花,你尽情地飞舞吧,我爱你,永远爱你!"鲜红的纱巾在她的肩头飘来荡去,像火焰一般明丽。

风早已停了，只有雪花飞舞着，飞舞着，自由自在地……

一串脚印渐渐地湮没在纯洁的世界里。

（1988年12月于施集）

逝

中秋。

江淮常见的小山上。金银花墨绿的叶子爬满了一座坟茔,有几根长长的藤儿从松枝间垂了下来,在风中微微地招摇着。一片片金黄的山菊花在山坡上很耀眼。

萍站在坟前。

在小山上正好能看到那条弯曲的小清河,那个机站。萍忘不了它们,正如她永远忘不了一个瘦弱的女孩颤抖的双肩……

萍家的门前是沥青公路,跨过公路是大片的农田,小清河穿田而过。

春雷响后,万物苏醒。麦苗由浅绿渐深为墨绿,油菜叶儿青绿青绿的,花开时香味飘出很远很远。萍常拿着书或挎着竹篮在绿的黄的海洋中穿行,有时小心地掐下几朵油菜花插在褂子的扣眼里,有时就蹲在田角看蚂蚁爬来爬去搬白色的卵或肥胖的大青虫。

炎热的夏季,萍常趁父母亲午睡的时候,偷偷地和弟弟们跑到河里游泳。母亲一旦发现了,就会撵到河边把她大骂一通。虽挨过几次骂,萍仍然拒绝不了清凉的河水的诱惑。

秋日的萍会变得安静些。她常爬过一段土坡,坐在机站的水泥坝上,看静静的河水仿佛一条白色的缎带飘向远方,远方连绵的群山挡住了视线。萍想象着山那边的柿子是否熟透了,山那边的景色是否也和她的家乡一样美丽。

冬天，萍不常来——单薄的棉衣抵挡不了呼啸的北风。倘若下雪，她又会不顾一切地溜到河边。河水被冰封住，厚厚的白雪将一切污浊掩去，萍的心灵被深深地触动了，她将冰面上凹凸的点线连接起来，用心绘成盛开的玫瑰、怒放的牡丹……

小清河是萍的乐园。这儿没有棍棒相向，没有拳来脚往，没有唾沫横飞。在这儿，她的童年、少年时光随着四季的更迭，随着绵绵的河水悄悄地逝去。

小清河使萍受伤的心灵得到抚慰，忘却了许多泪水和不幸。然而，她无论如何都抹不去那刻骨铭心的一幕。

高二那年暑假，萍独自去了百公里外的外公家。萍的母亲因和婆婆吵架背过气去，几个男人折腾了个把小时，最后还是眼睁睁地看着她死了。萍听来喊她的人说母亲得了重病，便匆匆忙忙赶到家，面对的却是平躺在堂屋地上已无生命气息的母亲。母亲身上还穿着干活时溅了半截泥的粗布衣裤。萍当场晕了过去。

萍醒来时，一场闹剧正在上演。两个信基督教的老妇人一边画着十字念叨"主啊，让她回来吧"，一边揉搓着萍母亲的双手。因被揉搓的缘故，萍母亲两只冰冷的手渐渐地柔软温暖起来。因天气炎热，尸体开始发胀，萍母亲原先紧闭着的唇露出了牙齿，使得她的面容看起来竟像是含着一点笑意，仿佛她只是睡着了，在做一个甜美的梦。虔诚的基督徒们却惊喜地喊道："你们看啊，嫂子快活过来了，手都变软和了，在笑呢！主啊，让她快活过来吧，阿门！""快舀点水来，嫂子渴了，要喝水。"这时，围在萍母亲四周的人们——平时从不信教的人们，都静默着，睁着半信半疑的混沌的眼睛盯着那张苍白的面孔。有人舀了水来喂。透明的液体从萍母亲嘴巴上方流下，触到她的肌肤、牙齿，在嘴角处分成两小股流向脖颈，流到垫在她身下的床单上。

萍在母亲的身旁席地而坐。她的心和那些围着的人们一样被一根无形的线紧紧地拉扯着。那是一根带有缥缈的希望的线——细若游丝，却被紧紧地拽着。她仿佛看到母亲睁开双眼，在呼唤着她的名字："萍儿，萍儿……"如果上帝真是存在的，真能让母亲活过来，她甘愿从此进修道院侍奉上帝。冥冥之中好像有一个声音冲着她说："不可能的，上帝是不存在的，这是闹剧！闹剧！"萍盯着那细小的水柱——仍向下流着，已浸湿一大片床单，猛地蹿起来推开那两个基督徒："滚开，滚开，别再折腾我妈了！"她撕心裂肺般的哭喊声把所有的人都惊呆了。两个基督徒连同周边围观的人们不由自主地向后退去。萍瘦小的身子趴在地上，双肩剧烈地抖动着。堂屋里除了她的号啕之外再也没有任何别的声音存在了。过了好一会儿，人们仿佛从噩梦中醒来，几个邻家女人流着泪哽咽着把萍从地上拉起来，拖到另一间屋里去了。

出殡了，萍穿着长长的粗白布孝服跟在棺材后面。她挺直脊背，木然地瞪着远方——是在看飘动的白幡，还是在看送葬的人？其实，她什么也没有看到，她所有的意识都已流失了，抓不住任何东西。

黑色的油漆未干的木棺被轻轻地放到新掘的墓穴里，黄土一层层地盖了上去……

那个小纸船，曾承载着她童年梦想的小纸船，漂到哪里去了？她曾经多么渴望拥有一个和睦幸福的家，然而现在没有了，家里再也没有吵闹了，没有挥向母亲的拳棒了。纸船破碎了，分解为细小的碎末流失在河水之中，回归到它的本源。

"我生来就是一棵浮萍，注定了要浪迹天涯。"萍想起多年以前写在日记本上的话，她的嘴角露出一丝不易察觉的笑容。

萍双膝跪了下去。

一枚枯黄的松针滑过萍瘦削的肩头，落在坟前的一束山菊花上。

(1993年初夏于巢湖)

烟雨又起时

最后一次和你在一起，是个烟雨蒙蒙的日子。

那天并不很冷。我们面对面坐着，近在咫尺。我点燃了一只"画苑"，笨拙地将烟圈吐出来，在我的面前模糊了你的面孔，你的眼睛。我不想看，不忍看你哀哀的神情，无言的注视。外面的风吹开了窗口的白纱，飘来丝丝缕缕的百合花香，掺和着烟味直刺进我的心房，好痛。

只想告诉你，我无法再继续美丽的浪漫之旅——在每一个晴朗的黄昏，与你同坐窗前，看你手中的笔在画布上勾勒出一幅幅蓝调梦幻；在每一个烟雨蒙蒙的傍晚，与你同行于初遇的山路，听你用浑厚的噪音在松林里吟诵一首首爱情诗篇。

一个纯粹的偶然，让我读懂了一个女孩对你的依恋，读懂了你对她的牵挂——那只是一张小小的生日卡片，写满了她浓浓的忧伤和深深的执着。由于你的疏忽，那张生日卡片从你的创作本中滑落到我的面前。我的眼睛被那精美的图案烧灼着，我的心房被那些暧昧的文字刺痛着，我的泪水无声地滑出眼眶。缓缓地，我从你的身边站起来，努力挣脱你的双手，摇摇晃晃地走出了你的视线。

那一天阳光格外明媚，天空格外湛蓝，可我却被一场从未有过的狂风暴雨击倒在一个角落里，默然无语。我无法承受这样的伤害。既然当初你和她的恋情在你的眼中只是一场游戏，我只悲哀自己为什么不满足于做一个欣赏者,却走上舞台扮演一个本不该我扮演的角色。

又是烟雨蒙蒙的时候,你或已歌,或又有另一份温馨如梦。我并不恨你,茫茫人海中相逢或许只有一次,无数的恩恩怨怨只是因为缘分。

在傍晚的雨雾中,我徜徉于旧时的山路。汤山,依旧是那样的宁静;雨雾,依旧是那样的微凉……独不见你身背画夹迎面走来。

这也是一种潇洒吗?梦醒时的寂寞与悲苦已化作烟雨消散,在傍晚的天光里朦胧成一幅山水写意。

(1995年8月1日于大余郢)

雨　后

好久了，第一次这样，一个人走在阴郁的天空下。

微凉的风吹动着我乌黑的长发，偶尔飘至的小雨点亲吻着我冰冷的面颊。

这是第一场雷雨后的间隙。

青青的杨柳扭动着细细的腰肢淋漓尽致地跳着舞，绿绿的栀子花一年一度的芬芳弥漫了门前的小院。

这是一个初夏的午后。

忙完麦收的乡亲们早已离开晒场，路旁堆着一垛又一垛的麦秸。

天边和头顶的乌云时而汇聚成海洋越来越浓，时而分离为碎絮越来越淡，恰似我的心绪时而汹涌澎湃，时而低吟浅唱。

面对日益苍老的容颜，心灵不再激越如春雷第一声的轰鸣；走在越发缤纷的旋转门前，生命渴望重新飘过五彩的裙裾。

可岁月不能回头，青春不能永驻。

好久了，第一次这样，一个人走在雨后的旅途上。心绪，时而轻灵如春燕穿梭于青山绿水之间，时而负重如骆驼蹒跚在荒无人烟的大漠之中。

还记得吗？《命运交响曲》时而高昂时而低沉的音符从你的指间悄然滑落，在六月的荷塘荡起一层层涟漪。

（1996年6月19日于大余郡）

在桂花飘香的日子

桂花,淡淡的清香溢满小屋。

月光,静静地倾泻到窗前,一如那年园中冷冷的沉寂。

许多往事渐去渐远,许多情感越来越冷淡。

岁月流逝,唯有你的弦歌在记忆的风中清晰如昨。

菁菁校园中,同读宗白华的《美学与意境》,争论美与丑的界定;同奏贝多芬的《月光曲》,看月的清辉撒满荷塘,青砖铺就的路上颤动着斑驳的树影……

还没有来得及沉淀自己的情感,时光,已让你伫立在车站的门口向我挥手告别。

你好吗?别后的路上,还会有谁再唱起《像我这样的朋友》?还会有谁如你一样洞悉我沉默的背影?

走上社会的舞台,承受太多的关注,数次碰壁之后,只想在宁静的夜晚,卸下厚重的外衣,面对一纸素笺,独自聆听心灵的低吟浅唱。

偶尔,翻开往日的日记,一枝枯萎的桂花,淡淡的清香依然沁人心脾……

于是,在桂花飘香的日子,轻轻地放飞我心中的白鸽,希冀她穿过漫漫的长夜,在太阳升起的时候,牵起你的手,弹响尘封的六弦琴。

(1996年10月13日于大余郢)

让一切成为往事

当我决意走出那片沼泽的时候,初夏的阳光正悄然滑向天边。

蓦然回首,你的身影已在暮色苍茫的村庄渐去渐远。

无法改变那颗多愁善感的心灵,无法承受太多的伤害,我不得不做这样的抉择——默默地道一声珍重,独自走向属于我的空间。

是的,生命之中,除了事业、爱情,还有更高的道义和责任。

让一切成为往事,让一切定格为风景,让一切的一切随着时光的流逝烟消云散。

在漫长的人生路上,我会因为生命中曾经拥有你而直面生活,不再逃避,不再消沉。

(1999年8月13日于大余郢)

爱已远去时

绵绵的秋雨拖着长长的影子静静地走了，久违的阳光照在门前的桂树上，空气中弥漫着淡淡的清香。

初晴的午后，灿烂的阳光不属于我。回到独居的小屋，关上破旧的门，我把自己重重地摔在床上，听凭泪水滑出眼眶，流过面颊，滴落在枕巾上。

爱情，是怎样的一种痛？多年的相守相伴有如一场虚无缥缈的梦。面对真实的你，面对你苍白的辩解，我已心痛得无法言语，唯有沉默，唯有沉默。

曾经，你是我心中一盏明丽的灯火，一束纯洁的玫瑰，一尊完美的雕像，我用心看守着，浇灌着，维护着，而在一个秋日的午后，你亲手拧灭了它，揉碎了它，打破了它。

人和动物最本质的区别在于，人是有理性的，是有羞耻之心的。毫无责任感地放纵自己的情欲，人和动物又有何区别！

让泪水肆意地流淌，洗却所有的伤痕。今后，我不会再为你哭泣，不会再为你逃避，不会再为你伤害自己……因为，你不值得我付出这一切。

那些曾经写满属于我们的浪漫与激情、痛苦与欢乐的日记和书信，已被彻底封存，化为一堆灰烬。

风停雨住之后，发现爱情只是春天里的一个童话。漫漫的人生之路，我该如何走下去——放弃本我,如你一样伪装自己,游戏人生?不,我不愿意。

虽然,我已不再年轻,但仍记得年轻的我曾经有过的豪情:"我要扼住命运的咽喉,决不向它屈服!"

失去了爱情,我的生命中还有工作,还有书籍,还有亲人,还有朋友,还有许多许多值得我留恋的美好的存在……

爱已远去,相逢时,我仍会微笑着面对你。

(2000年10月于大余郢)

瞬间，有许多风景

　　在生命的旅途中，往往会有无数个瞬间定格在记忆深处，每每想起，都会为那或美丽，或悲壮，或空灵，或深远的瞬间感动不已。

　　一次乘车去某地的途中，遇到一片方圆数亩的荷塘，满塘的荷绿得招人眼，粉红的荷花绽放于翠绿之间，而在那片翠绿和粉红之中，亭亭玉立着一位身穿白色连衣裙的少女，撑着一把鲜红的太阳伞。刹那间，我的心灵被这幅美妙而静谧的画面深深地触动了，为自己没有带照相机而后悔不已。

　　又一次骑车去乡村办事，回来时下起了小雨，我匆忙折进路边的一位老乡家里，向老乡借了雨披继续赶路。被雨水洗涤得黑亮亮的柏油路上溅起层层雨雾，看不到一辆车，也看不到一个行人。爬上一个陡坡后，一个骑车的女孩出现在我的面前。她上身穿着红色蝙蝠衫，下着黑色裙裤，颈上戴着一串晶莹的珍珠项链，微湿的衣服紧贴在身上，露出鲜明的曲线，而她的神情中竟没有丝毫的狼狈不堪，浑身洋溢着一种怡然自得、旁若无人的陶醉。更让我惊讶的是她的车篓里放着一把色彩鲜亮的湖蓝色折叠伞。我低头看看紧紧地裹在自己身上的雨披，心里腾起一种无法言说的感觉。

　　她在想些什么？如从前的我一样喜欢怀旧吗？如从前的我一样喜欢浪漫吗？当年，我不也曾不顾一切地在雨中豪情万丈吗？不也曾面对不平义愤填膺吗？

　　成长，成长究竟是怎样的一种代价！曾经，我们是那样地专注于理想的选择，那样地执着追求某种意义上的浪漫。而随着年龄的增长，阅历的丰富，生活的纷繁变化，我们学会了掩饰，学会了用种种借口抛弃年少时的洒脱、真纯，只是常常在晨曦与日落中独自翻开记忆中的风景，摘取那一片片瞬间，作为对逝去的岁月的一种凭吊。

　　陌生的女孩在蒙蒙雨雾中渐去渐远，而那相遇的瞬间所引发的慨叹却深深地留存了下来……

　　是的，永远忘不了穿着鲜红的绒线衣和朋友们在莽莽苍苍的雪地里跳舞；忘不了在一个初夏的黄昏，和他赤着双脚在雨中追逐逝去的童年……

　　忘不了曾经深为感动的无数个瞬间，只是为了告诉自己：生活，不仅仅是活着，更是一种体验……

（2001 年 3 月 7 日于来安）

四月，去看叶子

明媚的春天在熙暖的阳光里款款走来，芬芳的玫瑰在清晨的雾霭里悄悄绽放，柔曼的柳枝缀满了淡黄的芽儿在风中轻轻摇摆……

叶子，听到我的脚步声了吗？

叶子，看到我手中的玫瑰了吗？

曾经相约，在金黄的油菜花盛开的时候，在莺歌燕舞的季节，去我们初次相遇的溪水边寻找久违的纯真，去属于我们的"老山"聆听松林的涛声。

四月，我如约而来。叶子，你在哪里？

攀登了一道道山梁，跨越了一条条沟坎，走遍了一湾湾溪水，问过了一片片树林，叶子，我能在哪里找到你？

曾经，你是那样的专注，专注于最初的选择。

曾经，你是那样的执着，执着于理想的浪漫。

记得你说过，你是树林中一枚不起眼的叶子，装扮了树林的春天和夏天，在山菊花开遍松林的深秋悄悄地随风而落，在皑皑白雪掩去尘世污浊的严冬默默地化作泥土。

曾经，你是那样的可爱，可爱得让人感觉你仍然是一个充满奇思妙想的少年。

曾经,你是那样的乐观,乐观得让人相信生命的旅途中没有你闯不过的难关。

叶子,你在哪里?

记得吗?那湾清冷的溪水,溪水中那透明的虾米,那幼小的螃蟹。

记得吗?那片苍茫的松林,松林中那盛开的山菊,那满地的落英。

四月,我如约而来。叶子,你在哪里?

看到了,在那条崎岖的山路上,你曾轻摇着洁白的梨花默默地祈祷:"但愿人长久,千里共婵娟。"

看到了,在那个旖旎的山坳里,你曾注视着苍翠的松柏喃喃地低语:"这是我最终的归宿,来看我时,请带一束玫瑰。"

四月,我来了。

叶子,听到我沉重的脚步声了吗?

叶子,闻到我手中玫瑰的芬芳了吗?

叶子,感觉到我痛苦的灵魂在向你忏悔吗?

四月,去看叶子。

只有空灵的山风吹拂我的头发,只有温润的泪水流过我的面颊,只有鲜艳的黄手帕飘荡在苍翠的松柏上……

(2001年4月4日于来安)

感谢曾经的饥饿

出生于70年代的我，只从父辈们的口中知道一些关于三年自然灾害期间，许多人因饥饿而死的事情，知道爹爹和奶奶也是在那时去世的，成为孤儿的年仅十多岁的父亲和年幼的姑姑、叔叔靠别人的施舍，生命才得以在饥饿中延续。那段岁月，是父辈们一生都无法忘却的时光，饥饿的感觉、生存的艰难，像一块烙铁深深地烙印在他们的心灵深处。

饥饿的感觉，相信与我同龄的或比我更年轻的人们，切身体验过的不是很多。饥饿，曾经像蛇一样紧紧地缠绕着、吞噬着我年少的瘦弱的躯体。

1984年是家住定远县郊区的外公家祸不单行的一年。二姨、外婆先后因病去世，年老体弱的外公面对一贫如洗的家一筹莫展。父亲看在眼里很着急，想让高考落榜的老舅到我家附近的酱油坊学做酱油，但考虑到老舅和外公太老实，便打消了此念头，最终建议让老舅学拉板车，挣些苦力钱补贴家用。

老舅来了以后，父亲先让他跟在后面帮忙，教他一些最基本的赶驴、拉车、绑草等技巧。

当年农历十月二十五日（星期天），是父亲一生的转折点，也是我生命中最难忘的一天。那天凌晨，父亲带着老舅去牛头山拉茅草。临行前，母亲一再叮嘱老舅眼头放活些，叮嘱父亲照看好老舅。那天上午，我清楚地记得矮小的母亲好几次跑到靠着公路的院墙边,踮着脚朝父亲回来的方向张望。往常,父亲从池河、大柳或牛头山等地拉草时,总是经过家里吃个中饭,然后把稻草、麦秸或茅草卖到滁县、来安等县郊的造纸厂或砖窑厂去。

已过了吃中饭的时间,母亲叫我们先吃,自己却一遍遍地跑到院墙边看。好几次,我听到她自言自语:"是该回来的时候了,怎么还不见人影?怎么还不回来?"。后来,母亲终于忍不住对我说:"我感觉出事了,我的眼皮老是在跳。"看着母亲焦急的样子,我也不由得担心起来。每看到一个从西边来的人,母亲就问是否遇到父亲了,被问的人都说没有看到。一次次地,母亲说话的声音里掺杂着要哭的感觉。

天慢慢地黑了,瘦弱的我和矮小的母亲一起扒在院墙上看父亲回来的路。近八点,终于在一片漆黑里,我们听到了和父亲同去拉草的邻居的说话声。母亲边喊着父亲的名字,边从院墙(院墙与公路之间是落差近四米的陡坡)上翻出去(后来才知道满坡的荆棘划破了她的衣服和手指)。黑暗中,我听到邻居说:"是道琼爸,腿压断了。"母亲当即放声大哭起来。"不要哭了,送医院要紧。"是邻居的声音。我急忙回屋对三个年幼的弟弟妹妹说:"爸出事了,你们在家待着,哪里也别去。"然后,我独自摸着黑从另一处上了公路。我的眼里满是泪水,跑了很长一段路才追到父亲他们。一路上,父亲躺在板车上呻吟着,母亲一遍遍地哭诉着:"老天呵,你叫我们娘几个以后怎么过啊!"黑暗中,我拉着父亲的手哽咽着说:"爸,我从明天起不去上学了,让弟弟妹妹们上吧,我下来帮妈干活。"父亲抓紧了我的手:"傻孩子,明天一定要去上学,以后再苦再难,你们几个学要上,不能耽误!"

在医院里,我陆续从邻居和老舅的口中知道些事情的原委。当日下午一点多,在一个较长的陡坡上,父亲凭着他多年的赶车经验,凭着对他多年的"搭档"的了解,没有将毛驴御掉,仍用他结实的双肩向上扛着车把,让板车慢慢地向下滑行。他向走在板车后侧的老舅喊道:"踩住板车后面。"老舅没有听清他的话,以为是毛驴跑得快了,忙跑到车前拦毛驴。毛驴被挡住了去路,装有千余斤茅草的板车继续向下滑行,父亲被阻在停住的毛驴和下滑的板车之间。情急之中,父亲用尽全力扛着车把,边大声喊老舅让开,边侧身向路右闪出,然而,太迟了,板车从他没有来得及抽出的左腿上压过。

悲剧往往就发生在那么一瞬间。母亲万万没有想到悲剧会发生在家人身上。

片子拍出来了,父亲被诊断为左腿粉碎性骨折。父亲转到了滁县一院,母亲在医院服侍父亲。我和弟弟妹妹们仍然上学,由老舅照料我们的生活。在那年少的思维中,我认为父亲落到这步完全是老舅的过错造成的,所以总是用敌视的眼光看待老舅,总是有事无事找茬和老舅对着干。未到二十岁的老舅忍受不了我和弟弟妹妹们的敌意,没多久就回老家去了。

住院治疗了一个月后,父亲对断骨复位情况不满意,同室的病友告诉他某地有个医生对骨折很在行。一心想恢复得更好、一心想站起来的父亲不顾母亲、叔叔和医院的劝阻,执意去了那个地方。四十多天后,忍受了常人无法忍受的痛苦,治疗结果反而更差了,父亲只得重回医院做开刀手术,又住院两个多月。

在这期间,自老舅回家以后,我不得不承担起照看弟弟妹妹们的责任。家中仅有的些微积蓄早已被父亲治腿用光,还欠下了许多债。没有油炒菜,我们就吃盐炒土豆丝(父亲出事前,家里的自留地收了不少土豆和冬瓜,土豆烧汤没有油是无法下咽的)。没有多少粮食,我们就省着点。每天早晨,我烧好饭让弟弟妹妹们先吃,看着锅里不多的饭,看着狼吞虎咽的瘦弱的弟弟妹妹们,好多次,我都将碗中的饭悄悄地倒回锅里。每天上学,等弟弟妹妹们走进小学的校门后,我才独自去中学。常常上到

怀念是春天的草

第四堂课时，饥肠辘辘的我便感到头晕目眩，心口发慌，甚至浑身出冷汗。难以支撑的我不得不伏在课桌上继续听老师讲课。终于等到放学了，然而我的双腿却像被抽去了主心骨一样绵软无力。在离家近500米的一条巷子里，我得靠扶着墙壁才能走到家。

这种饥饿的状态，直到父亲和母亲从医院回家以后才有所改变，但那种晕眩、无助、渴望的感觉却伴随着我走过少年，走过青年。

有人说苦难是一笔财富。是的，生活的困苦和艰难没有使父辈们气馁。凭着勤奋，曾经只上过一天学的父亲靠背毛主席语录学会读书写字。凭着坚毅，父亲用了两年时间终于重新站了起来，用他辛勤的劳动还清了所有的债务。凭着坚持，叔叔得以继续学业，现为某校副教授。我和弟弟则先后考上学校，跳出"农门"。

每当生活或工作遭遇痛苦和挫折时，我总是努力让自己沉静下来，想想父辈们的坚强，想想那些最艰难的日子都挺过来了，还有什么样的难关度不过去呢？

感谢生活，感谢那段饥饿的时光。

（2001年4月15日于十二里半）

宽恕伤害你的人

在生命的旅途中，在有意无意之间，我们会伤害别人或受到别人的伤害。

伤害，或轻微或沉重，或短暂或长久。

伤害，有些会在岁月的流逝中逐渐忘却，有些则会紧紧地追随着记忆的长河流至生命的尽头。

曾经，面对别人无奈的求助或善意的忠告，我们视而不见或听而不闻。那也许是不经意的冷漠却伤害了别人的自尊和感情，同时也使我们自己失去了一份信任和理解……

曾经，为了理想中的爱情，我们付出了所有的真诚与浪漫之后，却发现一切只是自己精心构筑的春天里的童话。那刻骨铭心的伤害常常令我们心灰意冷，痛不欲生……

生命只有一次。我们无法选择生或死（厌世者除外），无法选择不被伤害，但我们可以选择以什么样的方式生存，以什么样的心态度过生命的每一天。

以一颗充满爱的心善待生活，善待别人，这世上便少了纷争与冷漠。

以一种"宰相肚里能撑船"的胸怀，宽恕伤害你的人，这世上便多了平和与温暖。

在生命的旅途中，人与人的相遇、相识、相知是一种缘分。珍惜这种缘分，以平常的心态面对功名利禄，以欣赏的眼光看沧海桑田。

（2001年6月于十二里半）

孩子，不是妈妈想走

盼了很长时间的七天长假飞快地到了最后一天，虚龄 5 岁的儿子文杰又要离开我们回百里外的外婆家上幼儿园。因要带学生参加比赛，我无法送他去，便打电话让我母亲来接。

母亲刚跨进院门，正在桂花树旁玩耍的文杰立刻站了起来，弓着腰直往后退，伸长了脖子冲母亲喊："今天不走，今天就不走——！明天走，明天再走——好吗？"听着他的喊声，母亲很为难地望着我。而我，却猛地感觉到嗓子被什么东西哽住似的，眼睛涩涩的。文杰转过头可怜巴巴地看着我。我默默地走上前去蹲下身揽住他，轻轻地拧着他的脸蛋，使劲地点点头。文杰随即伸出双臂紧紧地搂住我，在我的脸上亲个不停。

这样的场面，这样的经历不是第一次，也不是最后一次。

爱人在县城工作，经常出差在外，我则在离家较远的农村上班，无法带着孩子，刚满八个月的文杰不得不断奶和我的父亲母亲生活在一起。几年来，一次次地体验和孩子告别的滋味，我早已害怕看到他那双稚嫩的眼睛中充满乞求的神情，害怕听到他一遍遍地哭喊："妈妈，别走！妈妈——，别走——！"害怕自己不争气的泪水会再次当着满客车的人流下来。

正月十四那天，把文杰送到母亲家以后，准备走的我站在平房后门口和母亲低声说着话。文杰在十步开外的沟边解大便，他一声不吭地不时扭头看我们——这是偷偷溜走的最好时机，可没有客车来。解好后，他没有和我们说一句话,而是径直走进屋里去关前门,路对面正好停下一辆客车,他边关门边说:"妈妈,那是往定远去的车,不是去滁州的。"关好门后,他就反背着手靠在门上:"妈妈,车还没来呢。"我和母亲哄了好一会儿,他才不情愿地打开门。母亲抱起他要带他出去玩,他就是不愿意。

　　远远地看客车来了,文杰试图下来,母亲搂紧了他。他看我向路边走去,一边拍打着母亲,一边向我伸着手,哭喊着:"妈妈,不要走——! 妈妈,带小杰一块走!"我的心房被剧烈地撕扯着:"小杰,妈妈得回去上班,不上班就没有工资,没有工资就不能给小杰买吃的,买穿的,就不能给小杰上学。""小杰不要妈妈上班,小杰不要上学!"——我多想走上前去抱抱他,亲亲他,可我不能啊。上车前,我还是忍不住拉了拉他的小手。他立刻紧紧地抓住我的手指:"妈妈,不要走——!"泪水,已快要冲出我的眼眶。我使劲挣脱他的小手,扭头就走。

　　客车开了,隔着玻璃,我看到文杰在努力地挣脱母亲的怀抱,看到矮小的他边擦着眼泪,边跟在客车后面哭喊着……

　　孩子,不是妈妈想走。

　　妈妈多么希望一家三口永远没有分离,多么希望天天和你在一起,听你唱歌,看你在我的怀中甜甜地进入梦乡……

　　孩子,不是妈妈想走,真的。

(2002年3月23日于水口)

生命的行板

记得小时候,写作文时经常会出现"到2000年的时候,我们要实现……"这样的句子,那时,总认为到2000年的时光好漫长、好遥远。而今,日历已悄然翻到2002年,那些童年、少年、青年时代的影子只能在记忆中寻找。

在一个下着小雨的黄昏,我独自一人,踏着如歌的行板,追溯着生命的河流,清晰地感觉到些许无奈,些许茫然……

我家原籍定远,祖辈们逃荒落户到现在的住地。在三年自然灾害期间,正直、善良的祖父母先后去世,年仅十多岁的父亲和更年幼的姑姑、叔叔,靠给亲戚带孩子,靠好心人的施舍,生命才得以延续。只上过一天学的父亲靠背毛主席语录学会读书写字。姑姑从几岁起就带孩子,一直到她出嫁。叔叔在父亲的坚持下得以上学,恢复高考那年,成为生产队里唯一的大学生。

父亲和母亲的婚姻是由长辈在他们很小的时候就定下来的(俗称"娃娃亲")。母亲直到19岁时才知道父亲长得什么样。那年,他们结婚了。母亲唯一的嫁妆是一只有着暗红色条纹贴纸的木箱子。父亲和母亲都是纯朴、善良的农民,一生辛勤劳作、历尽艰难,一生不会逢迎拍马、不爱占人便宜。因性格的差异和家族内部纷争等因素的影响,父亲和母亲的婚姻在前二十多年里常伴随着一些不和谐的音符。

怀念是春天的草

在那段拮据、困顿的岁月里，性情孤僻、寡言的我早早地懂得了生存的艰难。那时，生命中最大的乐趣是能够看到叔叔带回来的各类书籍、报刊；最让我留恋的是故乡广阔的田野、清澈的河水，曾经像甘甜的乳汁浸润着我稚嫩的心灵，让我能够自由地放飞幻想的翅膀……因为不想长大以后过那种"面朝黄土背朝天"、"整天围着灶台丈夫转"的生活，年少的我暗下决心要考上大学，寻找属于自己的生活方式。

就这样，15岁那年，我离家到外地上高中，之后到更远的地方读大学，再后来，为了爱情远离故乡。

走上社会以后，我才真切、深刻地体味到生活是现实的，有时现实得让人无法相信这就是我们付出青春，付出一切所追寻的结果！在走过的人生旅途中，我心痛、迷茫过，我流泪、绝望过，但冥冥之中总有一些声音在轻轻地对我说："要坚强些！"那是谁？——是父亲、母亲的絮叨？是孩子、爱人的呢喃？是朋友、同事的低语？

成长在改革开放年代的我一直深受着传统思想道德教育的影响。除了父亲、母亲和叔叔的言传身教外，在小学到大学的学生生涯中，我先后遇到过好几位热心的老师，如小学班主任沈林芳老师（上海下放知青），初中的耿玉忠、王万兵老师，高中的龚义宏老师等等，他们都曾经无私地帮助、鼓励过我，对我的成长产生过重要的影响。

在现今生活中，人与人之间的感情变得越来越冷漠，高尚、理智的精神生活似乎已被金钱、名利等欲望所取代，正直与善良往往被看作"迂腐"和"傻瓜"，文明与法制常常遭到金钱和权利的践踏……在这样的现实中，处身于人际关系复杂的行政单位，作为一个女人，我始终要求自己要"以一颗充满爱的心善待生活，以认真负责的态度面对工作"，要在清贫的物质生活中固守住一些终生不能放弃的东西——自尊、自爱、自立、自强。

就这样，如今已三十岁的我，始终没有学会圆滑处世，没有学会许多"应该学会"的东西。在工作之余，读书、写字仍是我的最爱，"以平常的心态面对功名利禄,以欣赏的眼光看待沧海桑田"仍是我行为处世的准则。

　　生命是一条河,生命是一首歌。聆听着河水的吟哦,踏着如歌的行板,我独自一人,在下着小雨的黄昏,面对漂白的四壁,手指在键盘上轻快地跳跃,疲惫的心灵感到些许欣慰,些许安然……

(2002年5月10日于水口镇)

小麻雀

忙碌的"午征"告了一个段落，我终于可以轻松下来，回到家里。刚走进院门，孩子文杰就缠着我给他讲《奥特曼》故事。一翻"讨价还价"之后，我懒散地躺在床上给他讲起了《杰克·奥特曼》。他的小脑袋则枕在我的胳膊上，小手不时地指点着，小嘴不停地提问着。

当不算太厚的故事书讲到一半的时候，我突然听到屋里响起一种声音，但很快地，这声音就消失了。老鼠吗？那只偶然从纱门溜进来的小老鼠早已被"驱逐出境"，所有能进来的路已被彻底堵死了。如不是老鼠，那是什么呢？我边继续讲着故事，边注意听那声音是否会再出现。不一会儿，那声音又响了一下——是从衣橱里传出来的。正专注地听着故事的文杰也听到了响声，他一骨碌爬起来："妈妈，是小麻雀。"转眼，他打开衣橱，从里面拽出一只脚上拴着细绳的小麻雀。小麻雀牵着细绳上下飞腾着，叽叽地叫着。我的心里掠过丝丝缕缕的疼痛，仿佛真切地听到了小麻雀的呻吟和求救声。于是多年前的往事，又清晰地再现于眼前。

那是在我七岁的时候，一天中午，阳光很好，父亲母亲都下地干活了，我挎着竹篮去池塘边淘米。刚走上沥青公路，一只躺在路边的麻雀吸住我的视线。死了，当这一念头闪过时，我便加快脚步走过去。是死了！它的羽毛很柔软，小小的身体已冰凉，眼睛睁得圆圆的。我轻轻地将它托于掌心，满心地希望它能苏醒过来。它是怎么死的？多可怜呵，这么小的生灵！我的眼眶不由得溢满泪水。我将竹篮放在路边，双手捧着麻雀走到不远的山坡上，先轻轻地把它放在地上，然后找了根小木棒挖了一个小坑，接着摘了几片大麻叶，先在坑里铺了两张，小心地把麻雀放了进去，再把剩下的几张盖在上面，并在心中默默地祈祷着："安息吧，可怜的麻雀。"覆上土以后，我静静地站了一会儿，然后一步三回头地走了。

　　自那以后，每每经过山坡的时候，我总会想起那只麻雀，而看到有麻雀在那儿蹦蹦跳跳时，我又总幻想着那只麻雀就在其中——被巫婆施中魔法的白雪公主最后不是苏醒了吗？然而，那颗幼小的心灵又有点犹疑。自那以后，我再也没有像淘气的男孩那样撑起竹匾捕麻雀，或爬到树上掏鸟窝，或关上门窗捉燕子。

　　那只被年幼的我掩埋掉的麻雀，曾经无数次地像一簇簇晶莹的浪花涌出记忆的长河，在或彷徨、或寂寞、或喧嚣的岁月里轻轻地跳跃着。这是一种无法说得清楚的情结，是一种无法说得透彻的体验，伴随着我走过少年、走过青年。在岁月的流逝中，在生命的成长中，我逐渐学会了珍惜——珍惜自己所拥有的，珍惜亲人、朋友和他人所给予的，无论是丑陋还是美好，无论是眼泪还是欢笑；我逐渐学会了关注——关注社会和自然界的纷繁变化，关注亲人、朋友和他人的酸甜苦辣，无论是熟悉还是陌生，无论是进取还是沉沦……但是，我始终没有学会杀鸡宰鹅，没有学会口蜜腹剑……并不是因为惧怕流血与死亡，惧怕痛苦与伤害！而是委实不愿看到人性冷酷无情的一面，不愿看到"万物之灵"贪婪自私的一面……

　　文杰带着他的小麻雀又爬上了床。我没有板起面孔训斥他，而是轻轻地问道："小杰，如果别人把你的手脚都捆上，不给你动弹，你会难受吗？""肯定难受哦！""如果妈妈把你关在屋子里，不给你去外面玩，去看花啊草的，去看蓝天白云，你会高兴吗？""当然不高兴了！""那小麻雀被你拴着，关在衣橱里，它会快乐吗？"

　　文杰明白了我为什么问他这些问题，沉默了一会，有点舍不得的样子："妈妈,那你把绳子解开,我们就把它放了吧。"我搂过他,亲了一下："小杰真是个聪明的好孩子,小麻雀是生活在大自然中的,它要自由自在地飞。它一生要吃很多很多害虫,你把它关在家里,它很快会死的。"

文杰放飞了麻雀后爬下床,打开了窗户。小麻雀在屋内盘旋了几圈,飞出了窗外。"妈妈,小麻雀飞走了,小麻雀自由了,小麻雀不会死了!"文杰踮着脚,扒在窗前对我说。

小麻雀飞走了,很快地飞出了我和文杰的视线,回到了属于它的天空,但它永远不会知道它的许多同类已成为或将要成为人类餐桌上的美味佳肴,不会知道人类的某些群体或个体也因种种原因失去了自由,甚至失去了生命……

（2002年6月26日晨于水口）

一首老歌

深远寥廓的夜空，一轮圆月缓缓地穿行于满天星光之间。静寂空旷的田野，阵阵蛙鸣和着蟋蟀的低吟浅唱时断时续，数只萤火虫儿提着忽明忽灭的灯笼飞来飞去……

我和雯、清等走在久违的山路上。

"唱唱那首老歌吧。"望着路旁朦胧的松林，我轻声提议后，便不自觉地把目光移向清。 清看了看我，笑了笑，便唱了起来："几度风雨，几度春秋，风霜雪雨搏激流……"

多年来，这首老歌，连同清当年的笑容，一直默默地陪伴着我，走过了十几个春夏，十几个秋冬……

那年，十六岁的我经历了人生第一次沉重的伤害——来自最信任的形影不离的朋友的伤害。当时我的情绪低落到极点，自以为看破红尘——到处展现着虚伪的笑容，悬挂着欺骗的面具。一向热情大方的我变得沉默寡言，拒绝再用一双清纯的眸子欣赏外面的世界。在有意无意之间，我和同学们远远地拉开了距离。

那天傍晚，我又独自走向教室，耳畔忽然传来熟悉的旋律——是清的歌声。默默地走进教室，我向清淡淡地扫了一眼。清冲我笑了笑，仍旧继续唱下去："少年壮志不言愁，为了母亲的微笑，为了大地的丰收……"难道清明了我的心思？在他的歌声里，我忧郁的心弦轻轻地颤动着，渐渐地

漫延出一片明净的蔚蓝
——失去一份温馨并不
意味着失去全部啊,学
习是主要的,何必为一
时失去的友情而分散精
力,而怀疑一切呢?!

　　自那以后,在雯、清
等的影响下,我又回到
了同学们中间,我的生
活又充满了热情和欢

高中时代的作者(摄于1988年)

笑。学习上,我和雯、清等互相较着劲儿;闲暇时光,总喜欢让清唱那首
《少年壮志不言愁》。清曾经试图教我学唱歌,可惜我没有音乐天赋,五音
不全,唱歌老跑调儿,几次努力之后连清都泄气了,最终我只落得个"听
歌"的份儿。

　　同窗时光仅仅三年。骄阳如火的七月,高考结束后,前途未卜的我们
怀着浓浓的惆怅和深深的失落感,相互祝福着挥手告别了"富丽的森林"
(清诗中的校园),从此很少见面。

　　在以后的日子里,断断续续地知道清因种种原因放弃了学业,顶职上
了班,结了婚,有了孩子。而我经过一番努力总算是没有辜负家人的期望
考取大学。大学毕业后,我离开了故乡。在远离亲人、朋友,独自流浪异
乡的旅途中,我常常想起那首老歌,想起清的笑容、清的歌声,常常想起那
帮不论春夏秋冬,不论阴晴雨雪、晨昏午夜,"疯"遍了校园附近大大小小
山林、水域的"哥们"。在静静的回想中,我便会觉得自己并不孤单,世界
并不冷漠……

　　那个寒冷的冬季的早晨,刺骨的北风吹得门窗玻璃都直打"哆嗦"。
迎亲的车在凌晨四点多就从百公里外驶到了我家门口,而我和妹妹、雯等

尚在睡梦之中。中学时代的"哥们"头天晚上已来了几位,清的家还在好几十公里以外,路不太好走,得转几趟车。忙碌的人们不时地感叹着天气的恶劣,我和雯等猜测着清可能不会来了。

然而,在天刚亮了一会儿,清来了——骑着摩托车来的。清停稳车,取下头盔,边掸掉围脖上的冰碴儿,边笑望着我们:"还好,总算没有迟到,我还担心你们已经走了呢。"

我一时不知道说什么才好,只感到自己想哭,想痛痛快快地哭一场。最终,我不得不坐上车,不得不和生我养我的老屋告别,不得不和清等说声再见,我再也无法控制住自己,泪水如雨而下。刺骨的寒风仍在肆意地吹打着车窗,而我的心里却缓缓地升腾起一阵阵温暖……

弟弟后来几次对我说:"大姐,我真羡慕你有那帮'哥们'。"

是啊,人的一生,最值得庆幸的是能够拥有几位诚挚的朋友——失败、清贫时不离不弃,成功、荣耀时不谄不媚;在你最需要的时候,竭尽所能帮助你,直言不讳告诫你。人的一生,最让人难忘的是能够拥有一种纯洁的感情——不是为权钱名利的相互利用,不是曲意逢迎的精心设局;在你最无助的时候,仿佛一缕甘泉、一片阳光,轻轻地流过干涸的心田,暖暖地照亮灰暗的日子。这样的朋友,这样的感情,是无法用金钱换取的,是无法用寸尺度量的!这样的朋友,这样的感情,或许只在人生旅途的某个驿站不经意地相遇过,却足以让我们牵挂一生,感激一生……

"几度风雨,几度春秋,风霜雪雨搏激流……"夏夜的风牵引着清的歌声滑过松林,飘向万家灯火。

我们听到了一首老歌的回声——从很远很远的地方传来。

(2002年7月22日于来安)

一枚分币

　　一枚沾着些许泥土的五分硬币，不知何人何时遗落在乡村的小路上。

　　这枚分币铸造于1956年，没有人能够知道它走过了多少个地方，转过了多少人的手，经过了多少个店铺……如今，它早已退出流通的舞台，逐渐地淡出人们的记忆。现在的少年或许根本就不知道分币是怎样的，然而在我的生活中，却永远无法忘却那些与分币牵连不断的岁月……

　　20世纪的70年代，对于绝大多数中国人来说，仍是一个物质生活相当匮乏的年代。在我童年的记忆中，父亲和母亲一年到头都在生产队里忙着挣工分，可就是挣不到多余的，往往是吃了上顿没下顿。进入80年代初，农村实行土地承包责任制以后，我家的生活状况稍微好转一些，但卖几分钱一个的鸡蛋还是舍不得吃，几角钱一斤的猪肉只能在逢年过节时买点回来打打牙祭。虽然经济一直很拮据，但到我该上学的时候，从未进过学堂门的父亲和母亲硬是凑了两元钱（几张角币和一把分币）给我报名上学。

　　因为知道学习机会的来之不易，我在学校很用功，而放学后就跑回家帮着做家务或挎着竹篮去野地里打猪菜、割驴草。看到别人割中草药能卖钱，我的心也动了，但父亲和母亲认为割草药太辛苦了，不让我割。于是我常常在打猪菜、割驴草的间隙或趁他们睡午觉的时候，挖点"猫爪根"，割些"紫杆子""黄花药"等草药。

记得有一年暑假，连续几天都热得要命。午饭后，我就眼巴巴地盼着母亲（父亲出去拉板车了）快点睡觉。终于等母亲睡着了，我便偷偷地和长我几岁的伙伴们一起去割草药。灼热的太阳炙烤着大地，层层热浪包围着我们，让人喘不过气来。我们把一处草药割完后就用绳子捆着背在背上，然后顺着长满荒草和荆棘的田埂、河堤继续寻找草药。在这样的地方割草药，稍不注意就会被荆棘划破了手臂或被马蜂蛰几口，还不时地会被从脚边游过的蛇吓得"哇哇"乱叫，最头疼的是口干舌燥无水喝。实在渴极了，我们就找看起来比较干净的稻田或河渠，用双手掬水喝，再用水把脸、脖子、胳膊、腿浇个遍，有时干脆跑到池塘里痛痛快快地洗个澡。割草药的确比较辛苦，有时要跑好几里路才能割到一小捆，每次回来后都要遭到父亲母亲的责备。

割回来的草药铺在房前屋后晒着。等到草药晒干了，我和伙伴们便相约一起去街上的药材收购站卖掉。每次一行都有四五个人，我的年龄最小，个儿最矮，一根粗棍子两头各撅着一捆草药，走起路来身子直晃悠；而她们呢，个儿都比我高，一根扁担挑着两大捆草药，走起路来昂首挺胸，个个脸上充满了得意的神情。到了收购站，排队过称，然后到取款窗口拿钱。

我卖的草药不多，最多一次卖了五块多钱，而她们往往卖到十多块。拿到自己劳动赚来的钱后，那心里甭提有多高兴了，小心地把钱数了又数，看了又看，才装进贴身口袋里，边走还边不时地按了又按，生怕它会窜出来似的。走出收购站后，她们每人花五分钱买了支豆沙冰棍，而我只是默默地朝前走。

"道琼，你怎么不买一支冰棍？才几分钱！"

"我——我不渴，我不爱吃冰棍。"说心里话，大热天，谁不想吃呢？只是真的舍不得啊！五分钱可以买一个本子，两个五分多一点就可以买一本《小学生作文选》了！买冰棍一会儿就吃光了，多可惜！最终，我卖草药的钱大都用来买了书籍和学习用品。

年少的我们当然也有抵抗不了诱惑的时候。老街上的供销社是我和伙伴们经常去逛的地方。浏览完琳琅满目的商品后,总是不忘趴下身子看看柜台底下有没有掉下去的分币。运气好的话,也能捡到一两枚分币,然后和伙伴们一起哄到校门口的小店买萝卜干或炒花生吃——两分钱就可以买到满满一把呢!一人分一点,然后是慢慢地吃,细细地品,那可真算是天底下最快乐的事了!过后想起却总有点惴惴不安。

回首往事,让我感到欣慰的是拒绝了另外一种诱惑。记得到供销社买东西常常碰到一位二十来岁的女售货员,不知她是因为记忆力不好,还是不太喜欢她的工作,卖东西的时候老是一副心不在焉的样子。一次,我去买一盒火柴,递给她一角钱,该找八分,可她把一角钱连同几枚分币同时给了我。我把钱拿在手里数了数后,将一角钱又递给了她:"多找了。"这样的经历在生命的旅途中已记不清有过多少次……

轻轻地,擦去五分硬币上的泥土,我把它放进一个已相伴多年的匣子里。在未来的某年、某月或某一天,我将会取出这枚分币,将会把那些与分币有关或无关的故事说给孩子们听听,只是为了告诉他们在社会和生命的延续中,有些历史、有些精神不应该随着时间、环境的变化而被轻易地改变、忘却;只是为了告诉他们在一些地方、一些家庭仍有或多或少的孩子们睁着渴望的双眼向往着课堂、寻求着关注……

(2002年8月26日于来安)

记忆中的裙子

时光如水流逝,转眼已是人到中年。许多旧时衣裳已送给别人,唯独一条深蓝色长裙仍静静地躺在我的衣橱里,怎么也舍不得放弃,权且珍藏着以作为对逝去岁月的一种纪念吧!

上小学的时候,我特别羡慕穿裙子的女孩,回家吵着要穿那条已短及膝盖的连衣裙(已记不清这裙子的来历,更记不得自己以前是否穿过)。母亲就是不同意,说裙子太短穿着难看极了。三岁的小弟弟见裙子没人穿,非要穿不可,没办法只能眼睁睁地看着裙子套在了他身上。

那时弟弟们在家没人带,只好跟着我到学校,有时能安静地待在座位旁边,有时就在教室外面转来转去。清楚地记得有天上语文课,同桌用胳膊肘碰碰正在打瞌睡的我:"你看你弟弟。"晕晕乎乎的我抬头往教室门口看去,只见靠着门框的弟弟把裙角攥在手里揉,露出光光的泥鳅般的身子,而眼睛却死死地盯着黑板!恰好老师回头也看到了,班里顿时响起一片笑声,我的瞌睡一扫而光,而弟弟也感觉到什么似的一溜烟地跑了。从那以后弟弟再也没穿过那条裙子。

不知不觉地读完了小学、初中,做梦都想拥有一条裙子的我始终没有穿过裙子。夏天,我总是穿着长裤长褂。一位家境较好的表姑对我的穿着颇有看法:"道琼,你干吗不穿裙子,这么大热的天还穿着长褂长裤!"

我不好意思说家里没钱买,更不好意思如实道出我对裙子的渴望,便违心地回答:"我不喜欢穿裙子,穿这习惯了。"表姑就据此一直认为我是个思想保守的女孩。

我初中毕业后到外地读高中。十六岁那年,一位同窗好友花了五元钱从到学校叫卖的小贩手中买了条化纤格子筒裙送给我,那是我记忆中穿过的第一条裙子!美丽了一个夏季以后,因身体发育再也没法穿了,在征得好友的同意后便转送给别的女孩。正是这条裙子让我深深地感受到了友谊的真纯与可贵。

在那个桂花飘香的季节,我考上了大学。离开故乡时,婶婶送给我一条黑色丝绒中裙——我记忆中穿过的第二条裙子,它凝聚着叔叔婶婶对我浓浓的期望和关爱。

大二的时候,我和班里的姐妹们去城里玩。有一回,在一家布店里,一种垂感较好的深蓝色面料吸引了我。在姐妹们和售货员的怂恿下,我咬咬牙从并不多的伙食费中挤出二十七元钱扯了一米多布料,又花五元钱请学校附近最好的裁缝做成长及脚踝的大摆裙。穿上这条长裙后,本来就瘦削文静的我更显得苗条清纯,姐妹们为我得以"旧貌换新颜"欢呼起来。

很快地,这种长裙开始流行。全班九个姐妹们更是常着清一色长裙、白色高跟皮鞋,成为校园里一道最亮丽的风景,曾经无数次赢得众多目光的关注和热烈的掌声!

走上社会后,这条长裙也曾穿了两年。随着腰围的增加,加上长裙的款式已过时,我便再也没有穿过,取而代之的是一步裙、A字裙等。

裙子一直是我的偏爱。但因少时贫穷,拥有一条裙子成为一种遥不可及的奢望和梦想。而工作以后的大多数时间是在乡村度过,裙子也只是偶尔穿之。面对着城市的流行与时尚,满眼的绚丽与多彩,羡慕的目光追随着那些年轻女孩,曾经有些许无奈与慨叹在心底悄悄地流过。

多年以后重回城市的我心想终于可以无须顾忌太多地穿着裙子了。

偶然对镜梳妆，却蓦地发现皱纹已爬上额头，原本白皙光亮的肌肤已被乡村的风雨雕琢得粗糙灰暗！那一刻，我才深深地体味到什么是青春不再、岁月无情！

多年在乡村的工作与生活，缓缓地洗去了青春的亮丽和风采，却使生命拥有了更多的平实与冷静，但对裙子的偏爱仍很深刻，只是在选择时已能理性面对，职业套装成为新的经典。

常常踏着沉稳的脚步，行走在熙攘的人流中，感受着工作、生活的充实与欢乐，心里洋溢着另外一种悠然与满足。常常看着橱窗里的新潮服饰，不再羡慕那些年轻女孩，不再慨叹岁月的无奈。

毕竟我们都曾有过年轻，都曾有过美丽。那化纤格子筒裙、黑色丝绒中裙、深蓝色长裙便是花样年华的见证！

又一个夏季来临。想起曾经拥有过的裙子，感觉是那么温暖，那么亲近，仿佛只是生命的昨天。

记忆中的裙子，成为我一生的怀念。

（2003年4月1日于来安）

怀念是春天的草

> 对逝去的亲人的怀念永远沉积在内心深处，在某些时刻又会如春天的野草般疯长……
>
> ——谨以此文纪念我的父亲。

独自走在回乡的路上，阵阵冷风掠过萧瑟的田野，吹拂着我的头发，洁白的菊花在怀中散发出淡淡的清香。在无边的静寂与空灵中，父亲的身影不时闪过，清晰的疼痛撕扯着我的心房……

父亲，一个贫苦农民的儿子。三年自然灾害期间，我的爷爷奶奶先后因疾病、饥饿去世，十多岁的父亲跟随曾祖母生活，姑姑寄养在别人家，而年仅七岁的叔叔被送到了孤儿院。几经辗转，兄妹三人终于团聚。孤苦无助的他们常常衣不蔽体、食不果腹，实在没吃的就靠草根树皮

作者和父亲在大理（摄于2004年10月）

野菜芝麻叶儿充饥。

就在那样困顿不堪的情况下,叔叔却因为父亲的坚持得以上学,恢复高考那年,成为生产队里唯一的大学生。而从未上过学的父亲凭着自强不息的精神,靠背毛主席语录、查字典学会读写。记得父亲很喜欢听评书,也看过很多书,有他自己借的,还有的是叔叔从学校图书馆带回来的。广泛的阅读、丰富的人生体验使父亲的品性里除了农民特有的纯朴之外,更多了些睿智、开明、宽容和理性。

父亲和母亲的婚姻是由长辈在他们很小的时候定下来的。母亲直到19岁时才知道父亲长得什么样,那年,他们结婚了,唯一的嫁妆是一只有着暗红色条纹贴纸的木箱子。婚后多年一直住着茅草屋。盖屋的茅草,是父亲带着干粮住在山里砍了一个多星期,自己赶着毛驴用板车拉回来的。砌墙的土坯,是父亲和母亲不分昼夜地用黄泥巴掺着稻壳,一块一块地拓出来的。茅草屋在我十三岁的时候翻盖过不久,父亲的人生又发生一次重大转折。

1984年秋,二姨去世,外婆病重。为了帮助外公减轻生活的重负,父亲便让高考落榜的老舅来跟他学拉板车,挣些苦力钱补贴家用。那天凌晨,父亲带上老舅去山里拉草。临行前,母亲一再叮嘱老舅眼头放活些,叮嘱父亲照看好老舅。可下午一点多的时候,在一个较长的陡坡上,由于老舅的疏忽,装有千余斤茅草的板车从父亲左腿轧过,造成粉碎性骨折。这次变故使父亲经历了常人所无法忍受的痛苦,花光了原本打算用来买沙船的积蓄,还欠下了许多债。

一年多以后,父亲凭着他的坚毅重新站立起来,却不能再干重体力活。为了还债、养家,为了我们姐弟四人的学业,父亲做起了小生意。每天早晨鸡未叫,他就起床下乡收货,然后送到县城或别的地方卖,赚些差价,这一做就是二十年。在这二十年中,父亲从未扣过别人一次称,从没掺过一次假。"做人要厚道,要凭良心"是他一生的原则。

作者父亲叔叔在石林（摄于2004年9月）

父亲是我们人生旅途中最好的老师和朋友。他用自己的言传身教，自己的人生阅历引导着我们，在许多人生的十字路口，他就像一盏航灯永不疲倦地给我们指明方向。

那一次，我回老家和父亲倾诉了长久以来积聚在内心里的苦闷。父亲静静的听完，然后对我说："你要知道，我们都希望你过得幸福，不要太委屈自己，无论你做怎样的选择，我们都会支持你的。"

下午，我回到工作岗位。当山村的最后一缕夕阳沉下地平线的时候，父亲打来电话："想好了吗？"正忙着的我不想让父亲担心："爸，放心吧，我会处理好的。"父亲沉默了一会儿："要坚强些！"听着父亲关切的话语，泪水顿时模糊了我的双眼："我会的。"

因为父亲，我很快地走出了那些灰暗的日子，并通过努力实现了自己所定下的目标。因为父亲的建议和忠告，弟弟们在走出校园后的人生道路上也少走了些弯折。

时光似水流逝，我们姐弟几个如同鸟儿一样先后飞离温暖的家，而父亲母亲依然守在故乡那一片土地上。2004年，在外闯荡多年的小弟决定在国庆节结婚。9月23日，我和父亲母亲乘火车到达昆明，面对着小弟装修考究的新房，父亲母亲长久以来悬着的心落了地，饱经沧桑的脸上露出既惊讶又满意的笑容。

随后的日子里，我们游玩了大理、丽江、世博园等地。每到一处，父亲都觉得那么新鲜、那么好奇,不仅认真地听导游介绍,碰到免费提供的活页或小册子也会拿些趁空闲的时候看,没听清或忘记了地名、典故等就不住的问。在大理,一路上老是埋怨我们乱花钱的父亲竟破天荒的也给自己买了一对石球。在世博园里,我给父亲母亲拍合影时,父亲出其不意的搂过母亲的肩膀,"吓"了一跳的母亲一把将父亲的手给甩了下去,边笑骂边"打"着父亲。父亲呵呵地笑着,一旁的我们哈哈大笑,这应该是父亲一生中最浪漫的一次吧。而在苍山洱海之间,我更像个没有长大的孩子,总是挎着父亲的胳膊不愿放下,那些久违的快乐、幸福的欢笑,那些瞬间的永恒、无间的亲密成为弥足珍贵的纪念和永远的回忆。

国庆前夕,叔叔、婶婶和远在深圳的大弟、杭州的妹妹都赶到了昆明,这是我们全家首次在异乡团聚。在远离家乡的春城,弟弟的婚礼举办得热闹而隆重。在音乐和礼炮声中,既激动又紧张的父亲手持麦克风除了连声表示祝福感谢之外,再也说不出更多的话来,喜悦的泪水在他的眼角晶莹闪烁。

婚事办完后,弟弟要父亲母亲留在昆明安享晚年,可恋家的父亲就是不愿意。小弟只好在出门旅游前给父亲定了回老家的机票。5日上午,我把父亲送到机场。看着他走进安检门的背影,看着他不时回首挥别的笑容,我感觉特别欣慰——劳碌一生的父亲终于实现了他的

作者父亲母亲在昆明世博园(摄于2004年国庆节)

心愿。10日上午,我把母亲送上去老家的客车后便回到单位。14日晚上,父亲打电话给我问弟弟的生意怎么样,要我多叮嘱些他们,并约好了周六在叔叔家见面。15日上午8点,正准备去开会的我接到妹妹的电话,说父亲七点多被车撞了,很危险。那一刻,我切身体验到了"掉入冰窖"是怎样的一种感觉。

平地闻惊雷,苍山成绝唱。

千里奔故乡,生死两茫茫。

我们谁都没有料到昆明一别,仅仅十日之隔,再见父亲时,魁梧健壮的他已躺在重症病房内,深度昏迷几无生还可能。七天七夜,我们守护在他的身边,每时每刻,我们祈祷着奇迹的发生。然而一切努力之后,父亲最终没能苏醒,没有留下一句话就永远地离开了。

父亲,在天堂的那一边,您能看到我们的悲伤吗?

父亲,在天堂的那一边,您还记得今天是什么日子吗?

今天是我的生日。父亲,感谢您把我们带到这个世界,让我们知道生命是怎样的一个过程,让我们明白生命中哪些应该坚守,哪些应该放弃。

父亲,在天堂的那一边,您会看到我们有着和您一样的坚强。

(2005年3月21日于来安)

先父碑文

先父王有山,一九四八年生于定远县严桥乡陈塘王。一九五八年随先祖父徙至滁县珠龙桥。时逢三年自然灾害,先祖父母相继去世。先父随曾祖母,叔送孤儿院,姑母寄别家。几经辗转,兄妹团聚,相依为命。先父与母自幼定亲,长而连理,育二子二女。一九八四年秋,不幸左腿折。忍惫极之苦,终至再立。虽不能劳耕,乃以智致富。适值儿女敬孝,天伦融乐之时,却于二零零四年十月十五日七时三十分,因车祸重创,抢救无效,七日而辞,享年五十七岁。

先父平生,饱尝人间艰辛,深谙世事炎凉。然,志存高远,自强不息。无师而修,博闻广记。竭尽所能,资叔求学。终使立业,荣归故里。慈善处世,宽仁待朋。德沛桑梓,倍受敬重。传承孝悌,教诲恭俭。身体力行,儿女有成。爱吾晚辈,胜过生命。殚精竭虑,大海之恩。思吾先严,泪顿倾盆。斑竹为笔,难书悲恸。但求英魂,松柏常青!

（2005年3月14日于来安）

一面之缘

　　1992年10月，系里组织去皖南考察。在黄山脚下，我们几个同学走散了，几经周折追到半山寺前，得知老师已留话让我们从左边好走的路上山，而我则坚持从右边的险路走。一位男同学陪我同行。

　　"三十六峰缥缈间，吴头楚尾列重关。高山石老声传谷，沧海云流波满湾。千树悬崖采药去，一林幽径觅诗还。我来欲作胡公客，求取新生双白鹇。"一路上，黄山的奇松、怪石、云海、崖刻让我惊叹着大自然的鬼斧神工，感念着古今文人墨客的痴醉情怀，全然忘掉了与老师同学们失去联系的担忧与恐惧。

　　在临近天都峰的悬崖边，护栏铁链上层层叠叠地挂满了或大或小、或长或宽、或精致或粗糙的连心锁，一位体态丰盈的中年妇女悠然自得地拿着相机取景。经过她身边时，她请我帮拍几张照片。在变换拍摄角度调焦的当儿，她说自己是出差经过这

葛姨在黄山为作者拍的照片

里上来玩的。随后,她提出帮我们拍照,在知道我们没带相机后便说用她的相机,回去冲洗后寄给我。我们欣然拍了几张,写下地址后便与之挥手告别。

匆匆攀上天都峰顶,趔趄穿过鲫鱼背,在玉屏楼遇到老师后,我自然挨了一顿狠批,回校后被罚在班里做公开检查。正是这次违反考察纪律让我的生命中拥有了一份纯粹而诚挚的与血缘无关的情谊。

半个月后,我收到了一封来自能源部(水利部)成都勘测设计研究院的信件,里面装着的正是那几张在黄山上拍摄的照片。我无法确定信封上的单位是否是那位阿姨工作的地方,但总觉得应该做点什么才能够安心。几天后,我便写了一封感谢信寄到那个单位,收信人是"相遇于黄山的阿姨"。

元旦过后,我竟收到了来自成都的回信。直到那时,我才知道阿姨姓葛,才知道她所在的单位有两千多名员工和家属。为了能有更多的线索找到收信人,办公室人员拆开了那封信,并问过许多人都说不知道单位里哪个人在那个时间段里去过黄山。那封信最后被转到了工会,一位想起葛姨曾在出差途中私下里去过黄山的邻居正好在场,便留下了信。那段时间,葛姨经常出差,她连续找了好几次后才见着了葛姨。如果没有那位邻居,如果葛姨不曾私下里告诉过她去过黄山,我们也就止于黄山的那次擦肩而过了!

在大学最后一年多的时间里,所有的郁闷与烦恼,所有的欢欣和喜悦,我都愿意向葛姨倾诉,并分享着她生活、工作中的苦乐。葛姨不光寄来了书籍衣物,还时常以一个过来人的经验告诉我要把握好人生的就业、婚姻等重要关口。在那些悲观消沉的日子里,葛姨像慈母一样给予安慰和鼓励,让我能够直面风雨。工作以后,葛姨还曾汇来"压岁钱"让我买把吉他充实独在乡村的寂寞时光。我很感激她的怜爱之心,但还是把钱退了回去。

我们彼此默契地保持着书信往来,珍视素净的信笺上行云流水般的文字所带来的浓浓的温馨和快乐。后来因为种种原因,我埋头于工作和书籍,与朋友们几乎断绝了联系,包括葛姨。她的照片仍常摆放在书桌上,如同散发着光亮的灯火,在无数个失落无助的暗夜里让我有了必须坚持下去的依靠和理由。

2000年底,我被调到了另外一个乡镇工作。适应了新的环境后,我给葛姨写过信却没有回音。对葛姨的思念和歉疚时常让我无法安宁,最终通过114电话查询辗转找到了已退休在家的葛姨。那时才知

葛姨在东西关水电站闸坝工地上(摄于1993年底)

道她一直没有收到我的信,不明白我怎么了,到哪里去了。她说一直保留着与我有关的所有信件,想的时候就拿出来看看。十多年后,当我再次听到葛姨的声音时,感觉仍然是那么熟悉而亲切,岁月沧桑改变的只是容貌,不变的仍然是那份无法言说难以割舍的依恋与笃诚。

从2005年春的一次电话中,我才得知李叔——葛姨的爱人,已因病去世。仅仅相差五个月,我失去了深爱的父亲,葛姨失去了深爱的丈夫。一样的伤和痛,让我们隔着遥远的距离,时而放声哭泣,时而相互安慰……

去年春,新茶下来后,我寄去了产自家乡的上好茶叶"西涧春雪"。葛姨收到后就打来了电话:"小琼,我早就听说安徽的茶叶不错,前几天才去市场看了没有买到,小琼,你怎么就寄来了呢,好像知道我的心思一样……"

正是这样的一个个巧合，让我们彼此感觉如同家人般亲近、温暖而默契。已经六十多岁的葛姨不再像当年那么健康，几种疾病一次次的折磨着她，李叔的离去更让她的晚年多了些孤单和寂寞。对于曾经帮助过我的葛姨，我无法回报她什么，只能时常借助于电话或书信传送去远方的牵挂和关注。

葛姨说以后会到我这里来，不管怎么样，这一生都要再见一次面的，再见面时，还能认得出来吗？我说肯定能认得出来，因为我们的心灵是那么的相通相融。

有一种爱和血缘无关，却可以绵延一生，温暖一生。

有一种爱和家庭无关，却能够坚守一生，相扶一生。

有一种亲情和血缘无关，却能在暗夜里点起一盏灯。

有一种温情和家庭无关，却能在沉浮中撑起一片天。

常常感念着上天的格外眷顾，让我在风景秀丽的黄山，在茫茫人海中与葛姨相遇、相识、相知。

常常想去看望葛姨，常常想在母亲节的时候送一束鲜花给她。

（2007年7月于来安）

手

又一次从梦中哭醒。

父亲，身着一袭白衣，像一尊雕像，神情淡然，和几个看不到面部的人一起，缓缓地飘移在一条看不见痕迹的轨道（桥？）上。我急切地跑向他："爸爸，你还好吗？我好想你。"

"还好，你妈妈在哪里？"

"妈妈在这里。"我一边回答父亲，一边喊正在和亲戚说话的母亲。于是母亲迎向父亲，他们紧紧地拥抱在一起。一会儿母亲就不见了，我一边追随着继续飘移的父亲，一边说："爸爸，我还能再看到你吗？"

父亲依然那么淡淡地说："很难看到了，再也看不到了。"

"我想再看到你，爸爸，你没有什么可以留下来吗？"

父亲说："可以把我的手留给你。"

我便抓住父亲的手，我清楚的看到他的手臂像石膏一样开始出现裂缝。我的心开始疼痛，不，我不能让父亲残肢不全的走，我不能。我赶忙松开手，抚平那道裂缝。父亲的表情开始悲伤起来，他的身影越来越小，最终消失在一个看不到尽头的黑洞里，而我依然伸着双臂哭喊着："爸爸，我爱你！我爱你……"

醒来时，我的眼角依然挂着泪水，透过卷帘依稀能看到外面微亮的天光。我摸索着摁亮床头的台灯，壁钟显示05：30，这是父亲离世的时间。

苍白的刺眼的灯光下,我半坐着的黑黑的影子几乎占据了整面墙壁。

回想着梦中的情节,那双手让仍让我心痛不已。有生以来,记忆中和父亲牵手的日子并不多,但那双宽大而温暖的手在年幼时的我的心里就已刻下深深的印痕。无论走多远,我都始终能感觉到那双手的搀扶。

"你需要一双手,牵着你一起走。"

"我不需要,我喜欢一个人走。"

独在异乡求学时,曾经拒绝过一双双年轻而含蓄的手,固执地独守着属于我自己的那片天空。

"人生苦短,要善待自己。"

"生死契阔,与子成说,执子之手,与子偕老。"

不喜欢游戏感情、游戏人生。身在围城之中,看惯聚散离合,我却仍然相信在这物欲横流的社会存在着忠贞而浪漫的爱情。

一双手,一种性格,一种态度,一种人生。

宽大的,柔弱的,年轻的,苍老的,润滑的,粗糙的,温馨的,暧昧的……看过无数双手,握过不同的手。

有些手,牵得一时却终身铭记;有些手,日夜相握却依然冰冷;有些手,守望一生却镜中水月。

那些困惑踌躇之时无私相助的手,无论是熟悉还是陌生,无论是遥远还是亲近,我会始终以感恩的心铭记着。无法用金钱或贵物给予回报,而是用我自己的方式表达,用同样的爱心去传承。

那些失意悲伤之时雪上加霜的手,无论是有意还是无意,无论是沉重还是轻柔,努力学会用欣赏的眼光去看待,以宽容的心态去面对。

放手,牵手,挥手,握手……在选择与坚持中,感受着手的冷暖,体味着生的甜苦。

外面的天光渐明渐亮,阵阵凄婉苍凉的哀乐时而短促时而悠长地飘荡在窗外,又一个不知道什么样的人走在了去天堂的路上。

拉起卷帘，打开一扇窗，任冷冷的风吹向我的脸颊。对面桥上，那个身背书包的漂亮小女孩挣脱妈妈的手，一蹦一跳地走着，脖子上鲜红的围巾映衬着她可爱的笑脸分外美丽。

（2007年8月3日于来安）

同桌的你，现在过得还好吗？

　　走上社会多年了，我最喜欢参加的还是和高中那帮哥们姐们的聚会。不论怎么样，我们每年总是要找些理由聚上一两次，而每次总会不由地让我想起曾经的同桌——岚。

　　岚，已经十七年没有看到你了。

　　岚，你现在过得还好吗？

　　我已记不清问过多少人问过多少次关于你的消息，可依然没有谁能告诉我你在哪里。

　　岚，班里最漂亮的女孩，一米六几的高挑个头，一双迷人的丹凤眼，两条粗长的乌黑辫子时而悬垂于胸前背后，时而盘成高高的发髻，上面还时常插上几朵素净的雏菊、野刺玫。

　　我和岚高一就同班，同桌是从高二文理分科后开始的。岚来自山区，听说初三补习了两年才考上的，有些男生背地里就说她像范进一样是"老补"。岚学习很用功，很少听到她大声说笑，和同学们有些疏离隔膜。三年中，她最亲密的人除了曾正辉就是我了。

　　我和岚的学习成绩总是不相上下，常常喜欢一起到校外的田埂山坡上看书，闲逛，谈人生，谈理想，交流心得，相互切磋。大我几岁的岚像姐姐一样关爱着我。每当我苦闷的时候，她总是陪伴在身边，说些有趣的事情逗我开心。

看着渐渐沉入远山的夕阳，岚会说："馨儿，我喜欢你，你单纯，善解人意，不像他们那么复杂，难以相处，你是我最信任的朋友。"

看着黑板报上我写的诗歌，岚会说："馨儿，你写得真好，我全抄下来了，保存着，以后你如果记不得或者是找不到，就去找我。"

女生寝室紧挨着校园后边的池塘，大小两排房子。大寝室每间都摆着十多张双层床，住有二三十个学生，晚上十点准时熄灯，早晨五点灯亮。教室熄灯后，上晚自习的学生纷纷涌回寝室打笑玩闹直到深夜方能消停下来。这期间经常会发生先睡的因为后睡者悄悄话讲个不停而吵起架骂起仗来。

高三的时候，对岚和我期予厚望的班主任老师特意找学校领导让我和岚从大寝室里搬出来住进一间小寝室。

曾正辉是理班学生。不知道他和岚是怎样认识，又是从什么时候开始谈恋爱的。那时的我懵懵懂懂，除了看课本和中外名著就是疯玩。只依稀记得开始的时候，曾正辉经常找岚，岚总是拉上我。后来，我自己也觉着老当"电灯泡"不好，于是找个理由躲开了，闲暇时和莲等待一块儿的时间就多些了。

一个傍晚，岚忽然肚痛起来，脸色苍白，还不停的弯腰呕吐。从未见过岚那样的我吓坏了，急忙喊来莲和曾正辉送她去了医院。到医院后，曾正辉忙在头里，我也帮不上什么只在边上转，岚说不要紧的，坚持不要我陪，直催我回学校。我看岚已挂上点滴，脸色好看些，有曾正辉陪着也就回校了。当时我纳闷她怎么会突然生病的，但也没往深里想，就是想也绝想不到那方面的。直到我考上大学后的第二年暑假，我才从莲那里得知，岚那次并不是生病，而是突然流产。

紧张的高考日益临近，每天穿行于教室和寝室之间，埋头于书籍和试卷之中，我和岚闲聊的时间也越来越少，晚上看书累了倒头就睡，连梦都很少有了。

一天半夜，我猛然被木床的吱吱摇晃声和呻吟喘息声惊醒，睡意蒙眬中辨别出声音来自于岚的床,只觉得那声音不对劲儿却没敢吭声,稍后恍惚见一个身影蹑手蹑脚地开门离去。

我再也睡不着,只等着天亮。

从学校食堂大笼屉里拿回我和岚蒸饭的铝制饭盒,吃着早饭的当儿,我犹豫再三后还是说了:"岚,昨晚是他来的吧,就快要高考了,心思要用在学习上啊。"

岚低了头不看我:"馨儿,你还太小,你还不懂得做人的乐趣。"

做人的乐趣是怎么回事?就是这样吗?我彻底懵了。我不理解,更不明白岚怎么会这样,真的让我好陌生。

我有些生气:"岚,你不应该这样做的,你这样不好!"

岚仍然低着头:"馨儿,真的谢谢你!"

在心里,我还是无法谅解岚。在学校要放我们自休的前几天,我就跑回了家。考试期间,我没有和同学们住一起,和岚在考场上见面的时间极为短暂。

高考分数下来后,全班只有一个学美术的考上了师专,其余全部落榜。岚的考分最高,但离建档线也差一大截儿。

再见岚时,我们已在一个城市的不同学校补习。紧张的学习,沉重的压力让我们几无在一起谈天说地的时间和机会。当年秋,和岚同校补习的曾正辉入伍当兵了。次年春,神情疲惫的岚突然来学校找我,问我可有五十元钱借给她。家境贫穷的我哪里有钱借给她呢。看着她离去的背影,我真的很难过,却没想到自那以后再也见不到岚。

再问起岚时,她已离开补习的学校不知所踪。后来,我无数次的找同学打听岚的下落,数年中也只了解到些零星片段。后来我才明白,岚借钱是为了筹措去部队的路费,是为了去找攀上部队首长家女儿而变心抛弃了她的曾正辉。

岚最终没有去成部队,却生下了曾正辉的孩子。如果那次我有钱借给了她,如果她最终去成了部队,结局也许就不会是后来这样了,这使得我每每想起便会萌生些许遗憾和无奈。

有人曾看到岚在宾馆酒店坐过吧台。也有姐们在医院偶遇过岚和一个中年男人一道,尴尬的岚匆忙打了招呼就走开了。

多年后,曾正辉带着妻子回来省亲,酒后悄悄地问同学有关岚的下落。对他们恩怨有所耳闻的同学什么也没告诉他,恨不得揍他一顿。

又一次聚会,遇到了曾和岚、曾正辉较熟悉的哥们,我寄希望于他能知道些岚的消息。

昏黄的餐厅灯光下,他吐出几缕烟圈,摇摇头说:"我不知道别人怎么看岚,但岚在我的心目中应该算是个坚强的女人。曾正辉有次回来,在我面前拿出一张又一张银行信用卡说有多少多少钱,我实在忍不住了!拍着桌子对他吼,曾正辉,你有钱,你有再多钱又能怎么样?你知不知道你还有个儿子,有个儿子还在外边,到现在,你还知不道儿子在哪里,可能这一辈子都知不道了!"

曾正辉听后泣不成声,再也不摆显真皮手包里那一张又一张银行信用卡。

我的泪水在悄悄地滋生蔓延,模糊了灯光和他的面容。我的心在痛,为岚,为岚的儿子。

多年来,我常常会无端的想起岚,常常无法放下。岚,那时,我们都不懂,不懂爱情,不懂人心的诡谲,不懂世事的纷纭。现在,我们懂得了,却再也无法回到从前。

岚,还记不记得昔日携手而行的山冈上那飘飞的花絮?还记不记得那些稚嫩的诗句?记不记得你曾经说过我如果忘记了就去找你?

可如今,我到哪里才能找到你?

岚,你在哪里?现在的你和你的孩子过得还好吗?

(2007年5月31日于来安)

不能团圆的除夕

1984年秋，父亲的左腿不慎被装有千余斤草的板车轧成粉碎性骨折。这次变故是父亲一生的转折，也使我们家从温饱沦为债台高筑的"扶贫户"。腊月里，几经周折受尽磨难的父亲重新回到滁县第二人民医院做开刀接骨手术。腊月二十八早晨，我安顿好弟弟妹妹们便坐"大通道"（那时的客车，两节相连）去县城。母亲在我到医院后便急忙回家赶"光蛋集"（老家农历年最后一个逢集日俗称"光蛋集"）购买过年的物品。

年三十上午，值班医生挨个查看病情说了些祝福的话便走了，医院食堂里的人拿着粗陋的纸笔来订年饭。父亲问他有些什么饭菜，又问我喜欢吃什么。初来乍到的我对医院饭菜着实没有什么概念，便让父亲随便点些。

"今天过年，你长这么大还是第一次在外面过年，我点些好吃的你没有吃过的。"父亲最终点了八宝饭、炒鱼片，另外加份白饭和冬瓜肉汤。

同病房共住着六个不是腿断就是手折骨裂的病人，其他病人的陪护都是成年人，只有我一个尚是孩子。我不时的为父亲端水喂药倒便盆，闲下来便看书写作业。人们直夸我能干懂事儿。父亲不无骄傲地说："这是大女儿，打小就喜欢看书，学习从来不用我们操心，年年都拿'三好学生'奖状。"

临近中午，鞭炮声开始稀稀拉拉响起来，路上偶有步履匆忙的行人。

到了下午,除了此起彼落的鞭炮声,街上的店面全部关门了,路上几乎看不到人影。下晌食堂送来了年饭。人们挨个儿接过端到各自的床柜前,边品评边拉着家常,还有的就着家里带来的咸菜、烧酒喝起酒来。

第一次看到八宝饭和炒鱼片,我便被其色香味吸引了。一片片薄薄的乳白色鱼肉搭配着浓绿的葱叶、暗红的辣椒、浅黄的姜片盛放在淡蓝色花边瓷碟里。我实在猜不出是什么鱼,便问父亲。父亲说是黑鱼,剔了骨刺后,切成一片片放油锅里,配上佐料爆炒。把煮熟的糯米饭加上红枣、核桃肉、莲子等上锅蒸一段时间后,倒扣在碗碟里,再浇上白糖水熬的汁就成了八宝饭。鲜嫩可口的炒鱼片和色泽艳丽、绵甜不腻的八宝饭可以说是我长那么大吃得最好最特别的一顿年饭。

"多吃些。"父亲不住地夹菜给我。

"爸,您也吃啊。"

"我在这里吃过好多次了。"

"爸,八宝饭是甜的,要不了那么多菜的。"我知道一向节俭的父亲不可能吃过好多次,只是想省给我罢了。

吃过年饭,病房里的人们或坐或卧于床上,或站或靠于床边闲聊着。除夕的夜色慢慢地变得厚重,走廊里的脚步声渐渐稀落。病房里开始回荡着男人女人或轻微或短促的鼾声,间或传来含糊不清的梦中呓语。

我穿着厚绒衣裤睡在父亲病床的另一头,想象着待在老家的母亲和弟弟妹妹们在这个不能团圆的春节过得好吗?父亲以后还能站起来走路吗?我们都还能再继续上学吗?困意在纷乱的思维中缓缓袭来。不知道什么时候,我进入了梦乡,只在朦胧中感觉到父亲把我露在外面的脚挪进温暖的棉被窝里,并掖紧了被角。

正睡得香甜的时候,突然被门外的喧哗惊醒。惺忪间就见几个穿白大褂戴着口罩的医护人员推着手术床进来,后面紧跟着两个中年人,一男一女,女的哽哽咽咽男的一声不吭。一个男孩,看起来有十来岁模样,被抬到病床上后仍不住地痛苦呻吟着。

人们纷纷醒来，父亲认出他们是住在山里的老乡。女人哭诉着事情的前前后后，当家的想趁闲再打些野货卖点钱过年，晌午就带着儿子进山了。临晚时候，当家的听到不远处有动静以为是猪獾子，开枪后却听到儿子的惨叫声。当家的将儿子立即送到乡里医院，乡里医院说不行得转走，就连夜赶到县城里来了。经过检查，医生说有不少颗弹子打到下身那里了，现在还不能确定影不影响以后的生育。

人们唏嘘不已。可怜的孩子，受罪了，大过年的，怎么这么倒霉。可能撞着鬼了，不然怎么会把孩子看成猪獾子呢？

男人还是不说什么话，满脸的懊恼和悔恨。女人不时地抚摸着男孩的额头，嘤嘤而泣。

人们劝说一番后又相继绻缩进被窝里睡去。我却再也睡不着，为这个大年夜住进医院的男孩和他的家人。男孩的未来会如何？他的父亲要为瞬间的失误承担一生的不安和歉疚吗？

新年的黎明在逐渐密集的鞭炮声中走来。我望着窗外的天光和依然清冷的城市街道，想着以后只要可能，一定要在家过年，不要和家人分离，不要这样的牵挂和担忧。

生命中第一次不能团圆的除夕就这样在医院里度过的，在记忆里虽然留下些许温馨，但更多的则是无奈和心酸。

（2007年6月9日于来安）

遭遇抢劫

从皖北到广州刚一个星期,我还没有适应南北温差,更没有习惯昼夜不分的忙碌生活,就遭遇到以前只在网络、报纸上看到的抢劫。

那天下午,我去天河路上的某银行转账。营业厅里,几排长蛇样的队列萎靡不振的在窗口前缓慢地蠕动着。我先取了号,然后到大门外面的自动取款机取款。银行卡插进去后,输了密码,进入页面后却无法进行取款操作,退出后再插卡依然如故。我不明白怎么回事儿,正准备进营业厅。这时,一个瘦削的男青年,二十岁左右,上穿橘黄色短袖T恤衫,下着休闲中裤,斜背着一个挎包,晃晃荡荡地走到取款机前。我便又跟进去想看他是否能取到钱。他如我一样插了卡又拔卡,拔了卡又插卡,也没取到钱,见我进去便问我的卡是否能取到钱,我说刚试过没用。

没再和瘦男说什么,我便进营业厅问保安怎么回事儿。保安说,人太多,可能是里面的钱又被取光了。于是,我只好加入到长长的队伍中慢慢等候了。那瘦男也取了号站在队列里,只是一会儿走到这,一会儿走到那,没个安定。我便觉着这瘦男可能有问题,后来果真见保安推推搡搡地把他弄出了营业厅大门。

等了个把小时终于轮到了我。办完所有事项,我走出了银行,沿着人行道步行约十多米远,便掏出手机跟小弟说事儿。正说着话,我突然感觉右肩上的背包直往后动,一回头,见瘦男正使劲儿地拽着我的背包。我被吓得啊啊大叫起来,拼命地和他展开了拉锯战。旁边行人来来往往,都跟没看见一样继续走路。一个矮壮的男人从边上走过去后,又回头看我们。我便不停地朝他叫喊:"来啊,帮我,请帮帮我。"他愣了一下便冲了过来,抱住瘦男。瘦男见拽不走背包便又来夺我的手机。我死死地抓住手机,又一个过路人加入进来掰瘦男的手。瘦男高喊:"我有艾滋病,我有艾滋病!"我们一愣神,他便挣脱开去,撒腿就跑,我们仨跟在后面追。瘦男边跑边喊:"别追我,我有艾滋病,我有艾滋病!"路人纷纷闪开躲避,瘦男转眼便拐进另一条路没了踪影。

帮忙的两个和另外几个过路人围过来急切地问我:"抢走东西没有?""没有,没有,就是手臂抓伤了。""那就好,那就好!""你应该大声喊抢劫啊,抢劫啊,开始我还以为你们是两口子打架呢,看你表情又不像,才判断是遇到抢劫了。"我晕,怎么会像是两口子打架啊!"我才到广州没几天,以前从没遇过这种事,整懵了!""以后要注意些了,这里是比较乱的,背着包要特别注意。"

我连声道谢,和他们挥手而别后没走多远,便看见小弟和弟媳气喘吁吁地跑来了。到了跟前,小弟说:"我一听你啊一声,就晓得遇到抢劫了,赶紧下楼赶来了。"我惊魂未定:"这什么鬼地方啊,大白天的,才走出银行没几步就有人敢来抢了。""还算你运气好,那家伙可能是吸毒的,不然不会抢不过你一个女的。"

小弟媳说:"更可能是临时起意,大白天作案的在这里一般是三四个人一块儿。我那次刚从交通银行出来,脖子上的金项链硬是被人扯断抢走了。我还跟在后面死命地追啊追,想想都有些后怕。"

我们回到办公室。一个员工说:"我到广州一年多,手机被偷被抢已经3次了,现在这个手机用快到半年了,算是时间最长的了。最险的一次是晚上站在路边等公交车。我正在低头发信息,突然一个人从后面抱住我的头,拿刀抵住我的脖子,旁边还有两个家伙说把钱拿出来,不许喊,喊就废了你，吓得我赶紧把手机给他们了，幸好包里没多少钱，不然也全是他们的了。"

自遭遇抢劫后，我再去银行只穿带口袋的衣服，空着手儿，路上尽量不打电话，两眼睁得大大的，神经绷得紧紧的，对每一个擦肩而过的人都要审视琢磨一番。

（2007年6月12日于来安）

难忘高中班主任

　　求学路上，老师的影响对一个学生的未来至关重要，甚至会对学生产生一生的影响。在从小学到大学十多年的求学生涯中，为数众多的老师教过我，而让我最难忘的则是高中班主任。

　　因为中考发挥失常，成绩优秀的我和省、市重点中学失之交臂，进了一所农村普通高中。教语文的龚老师便成为我的班主任。龚老师最引人注目的不仅是他矮胖的身材，还有他的那双眼睛，一只眼大而有神，另一只眼暗淡无光。起初，我只是觉得他的眼睛有些不对劲，却并没有多想。

　　初进校园的我，曾一度因为无法转到城里的学校而灰心丧气，消沉得很。龚老师知道后找到我，语重心长地说，既然转不走，那就在这里安心好好学习，学校整体教学水平是没有城里重点中学好，但这不代表我们的学生没有考取的希望，关键更在于学生自己要努力。只要努力了，就会有好的结果。

　　龚老师主动说起他的眼睛。那是小时候和伙伴们一起玩时，不小心被伙伴手中的木棒子捅到眼睛上，从此，那只眼睛就失去了光明，无奈之下只得摘除安装了义眼。因为这只眼睛，他受到很多讥讽和白眼，甚至一度没有生活下去的勇气。但是他不服气，不服输，发誓要为自己博得一片天地。通过努力，他最终考上大学，随后有了幸福的家庭，有了还算不错的事业，从某种意义来说要比当年的伙伴们强得多。龚老师的一席话，让我的心情久久无法平静。我无法想象当年少不更事的他忍受了多少痛苦，在成长的旅途上又经历了多少磨难。自此，我幡然醒悟，转变了学习态度。

龚老师对待学生就像自己的孩子一样，时如严父，时如慈母。他熟知每个学生的优缺点，总是给予适时适度的表扬和指正。为了提高同学们的写作水平，他把自己买的文学书籍借给同学们轮流阅读，用自己的钱订阅杂文报、语文报作为班级报刊。为了鼓励投稿，龚老师对家境贫寒的我说，你只管写，我给你提供信封和邮票，帮你邮寄。我的第一次投稿便是龚老师帮我选好寄出的，具体寄到哪些报刊社，因时间太久，我已然忘却，只记得并没有被采用，只记得龚老师很无奈的站在讲台上说，很遗憾，我不是编辑，不然君儿和你们的作品一定会发表的。

走出那所校园后，我写的两首诗歌终被市电台采用。第一次拿到稿费，激动之余，我想起第一次投稿，想起龚老师说那句话时的语气和神情，心底有种感动，有种温暖缓缓流过。

在班里，我是个性情有些忧郁的女孩。龚老师曾不止一次地对我说，你要和同学们多交流，试着慢慢改变，让自己开朗些，泼辣些。你目前的状态在学校里没什么，但最终你是要走上社会的，太内向、太柔和、太老实，不好，容易受人欺。当时的我并不太明白老师的话，直到上了大学，走上社会后才渐渐理解了老师的良苦用心。

遇到好老师，是人生旅途上的幸事。我庆幸，我遇到了龚老师。

（2007年7月6日于来安）

第二辑

走在故乡的土地上

那一树梨花，如同翩翩起舞的蝶影，晶莹的水珠在嫩绿的叶上，像父亲的眼泪，轻轻一碰，跌落红尘。失却颜色的红丝带，依然缠绕在枝杈间，斑驳的青石，站立的姿势一如从前。

想念老屋

想念老屋。

老屋原本有四间。砌墙的土坯,是父亲和母亲不分昼夜地用黄泥巴掺着稻壳,一块一块地拓出来的。盖屋的茅草,是父亲带着干粮住在山里一个多星期砍的,然后自己赶着毛驴板车拉回来。老屋已有近三十年的历史,只在我十三岁的时候翻盖过一回。

老屋现在仅剩下三间。屋檐上好几处已漏出竹笆。每当刮大风的时候,门窗必须关紧,要不然,屋草会被掀得干干净净。

老屋已无人居住,里面整齐地摆放着锄头、犁耙等杂物。每每看到仍残留在斑驳的墙上的"墨宝"——扎着羊角辫的自画像,我便忍俊不禁。那个年龄,那孩提时代的我,简直把老屋的山墙、窗台当作大显身手的好地方了。我在上面画上各种各样的人物、花鸟虫鱼,把父亲用石灰水刷过的墙壁涂抹得面目全非。

老屋最西边的一间曾是我的闺房,如今,只有几面断壁站立在那儿。这间闺房曾经是我和玩伴们经常"躲猫"、做游戏的地方;上初中后,它几乎是弟弟们的禁地,而成为我名副其实的书房。有时,弟弟们偷偷地跑进来找我玩,我倘若不高兴,便会大声喊父亲:"看,他们又进来闹了。"随着父亲的一声低喝:"还不出来!"弟弟们立刻会朝我做着鬼脸,一个一个地顺着墙角往外溜——这样的机会不多,我可不愿被看作"坏大姐"。

书房陈设很简单。书桌是父亲和母亲结婚时买的木箱子，箱角上暗红色的条纹贴纸已卷起来——它是家中唯一像样的家具，也是母亲唯一的嫁妆。支撑住箱子的柳条米篓靠西山墙放着，紧挨着床边。要够得着在书桌上看书、写字，就必须在板凳脚下垫两块砖头。就在这间书房里，我就着昏暗的煤油灯读完了小学、初中，读完了《唐诗三百首》《格林童话》等中外名著，更读懂了父亲和母亲的艰辛与期望。

　　十五岁那年的秋天，我离家到外地上高中；之后，到更远的地方读大学；再后来，为了爱情远离故乡到异地工作。这样，我与老屋厮守的日子越来越少，但对老屋的思念却越来越浓，总是忘不掉那许多次的相聚与别离，忘不掉父亲和母亲日渐苍老的容颜……

　　因为父亲拉板车总是早出晚归，所以我很多次回家都看不到他。一个周六的下午，我匆忙从学校赶回家，可直到晚上睡着了，父亲仍未回来。第二天一早醒来，我就看到锅台上放着一大碗洗干净的鲫鱼，很是纳闷。母亲说："是你爸特地从县城带的，夜里十二点多回来后就忙着洗出来，叫我中午烧给你吃。"听完母亲的话，我的双眼顿时被泪水模糊了。父亲，他一定悄悄地站在床头看过睡得香甜的女儿，他一定有许多话要对女儿说，却不忍心打扰了女儿的睡眠。

　　时光如水流过……

　　如今，老屋像个久经风霜的老人，在宽敞明亮的平房映衬下显得越发沧桑、疲惫，但老屋依旧冬暖夏凉。在炎热的三伏天，父亲仍常在当门口铺张凉席，睡个清

作者全家合影（摄于1992年）

爽的午觉。每次回家,我仍喜欢端个矮凳坐在老屋门前和家人闲谈那些与老屋有关或无关的充满辛酸或甘甜的往事……

近日,弟弟来信说父亲和母亲想把老屋推倒盖上新房,我心里竟有点舍不得。

我怀念逝去的或即将逝去的一切美好事物。

也许下次回家,再也看不到老屋,再也听不到门前老树上的蝉鸣……

但,老屋是我成长的相底,是我永久的家园。无论走到哪里,无论生活中发生何种变故,老屋,又像一个悬挂在心中的航灯,让我警醒,催我奋进。

（1999年4月于大余郢）

小　清　河

　　远在异乡,记忆的翅膀常常穿过往事的丛林,徘徊于小清河边,久久不愿离去。

　　小清河是流经故乡的一条河,她原本没有名字。由于静静地流淌着的河水一年四季都是那么清澈,我和伙伴们便叫她小清河。

　　小清河是一条美丽的河。水中,可看到鱼儿和虾儿自由自在地游着,青青的水藻优柔地摇摆着腰肢;河边,鲜艳的野花常年盛开着,碧绿的草地如一席柔软的地毯静静地铺陈着。每天放学后,我和伙伴们便会来到这里,尽情地玩耍,尽情地歌唱……

　　小清河是一条善解人意的河。每当心情郁闷的时候,我便会独自来到河边,默默地聆听着她的吟哦,过了一会儿,郁闷的情绪随着清清的河水一层层地荡漾开去,欢乐和梦想又悄悄地充盈着我的心房……

　　许多年以后重回故乡,我迫不及待地去看小清河。

　　河水已不再清澈如镜。在破旧的石桥旁边,几十根杉木伫立在水中。听说是去年准备另修一座桥,可开工不久就下起了暴雨,汹涌的洪水冲进久已干涸的河道,淹着了杉木。桥没修成,杉木也就一直站立在水中。

　　在石桥上放眼望去,数只沙船在浑浊的河面上来回行驶着。几年前,有人发现河底埋藏着厚厚的沙子。于是人们纷纷拥来淘沙,于是,大大小小的车开来了,一车车黄灿灿的沙子被运了出去。人们的口袋慢慢地鼓起来了,而小清河从此不再宁静,不再清澈。水中,再也看不到鱼和虾儿自由自在地游着、青青的水藻优柔地摇摆着腰肢;河边,再也看不到鲜艳的野花、碧绿的草地,只有光秃秃的黄土地裸露在天空下……

夏日的晚风轻轻地吹动着洁白的裙裾,我独自走在久违的河边,看夕阳一点点地向山那边滑去。在沙船、车辆的轰鸣声中,我仿佛听到小清河在鸣咽,仿佛看到小清河在流泪。

小清河,我多想仍像少年时那样安然地坐在你的身边,掐一朵野花插于发际,看飞鸟时而掠过水面,时而冲入云霄;我多想投入你的怀抱,让清冷的河水涤荡去满身的疲惫;我多想重听你吟唱着欢快的旋律静静地流向远方……

小清河,曾经让我梦萦魂牵的地方,何时才能重见你往日的容颜?

(1999年初于大余郡)

万 山 旧 事

　　万山,位于县城北部山区。远远地看万山,但见山势连绵起伏,上到山顶,却发现万山之上是一马平川。相传,这里是宋朝某大将的练兵场。

　　1993年7月,为了追求理想中的爱情与幸福,出生于市区的紫君在大学毕业后不顾亲朋的劝阻,只身来到他所在的遥远的县城。11月,紫君被分配到万山所在地工作。万山,也就成为紫君的第二故乡,成为她人生的重要转折之处。1999年12月,紫君被调到县城南部工作。

　　离开了万山,在静寂的独我的空间里,记忆的翅膀常常带着紫君飞回万山,在已成往事的丛林中,那些早已远去的人与事却恍如发生在昨天。

　　初到万山,一切都是陌生的。陌生的人,陌生的工作,陌生的和故乡迥然不同的环境。然而,万山,以它的平和与宁静接纳了她的到来;万山人,以山里人特有的质朴与宽厚教会了她如何面对生活。那种"独在异乡为异客"的浓浓的伤感,在时光的流逝中渐渐地淡去。

　　一天下午,忙完工作的紫君把自己关在房间里看书。一阵急促的敲门声传来。紫君急忙开门。一个穿着脏兮兮的破棉袄,头发蓬乱,胡子拉碴的中年男人站在门口。未等紫君说话,他首先咧开嘴笑了笑,然后一本正经地对紫君说:"生人敲门,别开!"紫君正不知该怎么办时,一位住在隔壁的青年人走过来吼道:"干什么的? 老严! 还不快走!"被称作老严的男人又冲紫君笑笑,把双手拢进袄袖里,蹒跚着走了。青年人告诉紫君:"他是神经病,以后别理他。"

断断续续地,从别人的口中知道中年男人之所以成为"神经病"的原因后,紫君对他充满了同情。他本来姓严,有一个幸福的三口之家。为了多挣些收入,他离开了他深爱着的妻儿去外地打工,可回来后,却发现妻子已与他的兄长私通。这突如其来的变故使他的精神受到了巨大的刺激,从此成为"神经病"!虽然老严精神上有些问题,但是他并不胡乱惹事儿。平时,他靠给单位或附近的饭店挑水、干粗活糊口饭吃或挣点零钱。老严常站在往返学校的路口,拦住他的孩子,把挣来的零钱或水果等硬塞给孩子,可孩子看见他就躲。

在以后的日子里,老严每看到紫君吃力地打井水时,就无声地走过去帮紫君打水,直到把水缸装满为止。紫君给老严钱,他从未接过,而他给别人挑水总是要钱,别人如果不给钱的话,他还会骂人。

1995年下半年,紫君因病在家休息了一年多。回到单位上了许多天班都没有再看到老严。经过打听,她才知道老严已去世半年多了。老严去世的那天黎明,有人曾看到他扒在垃圾车上翻找着什么。当天下午,在一个破旧的车库里(老严的栖身之处),口吐白沫的老严被人发现后送到医院,却没有抢救过来。乡民政部门把他运到县里火化后,骨灰盒由他的孩子捧着,送到山上埋了。

老严走了,永远地悄无声息地离开了万山。紫君却常常想起老严,想起第一次见到他的情景,想起他在路边墙上留下的书写得颇有功底的字迹,想起那静默在清风冷月下的破旧的车库……

在得知将要调离后,紫君又特地爬了一次万山。第一次爬万山是在1995年初夏,那次是和治安办人员一起下村查处私种罂粟的。那开阔平坦的山顶、满眼的绿色,那清澈的溪水、幼小的螃蟹,曾令紫君流连忘返。而这一次爬万山,紫君没有跟任何人说起过。那是一个温暖的冬日上午,紫君走出独居的小屋,走过弯曲的田间小路,爬到了万山的最高处。满地枯黄的落叶中，依稀散落着旧时房屋的残砖破瓦，一些被开垦过的土地上长着稀疏的麦苗。面对那传说中的古练兵场，紫君回想着六年多来所经历过的人与事的纷繁变幻，所体验过的人生的酸甜苦辣，为自己无愧于当初的选择而感到欣慰，在欣慰中又掺杂着深深的即将远离的伤感。

　　下山时，紫君解下颈上的红色丝巾，拿在手中轻轻地挥动着。在半山

春到乡村（摄于2013年3月）

腰，紫君遇到了一对白发苍苍的老人，他们相扶相携，边说边笑着缓缓地向山上攀登。擦肩而过时，三人相视而笑。走出一段距离后，紫君忍不住回头说："老人家，要小心啊！"白发妇人也回头："放心吧，姑娘，这山——，我们已爬过很多次了！"

　　紫君也走了，在一个下着小雨的冬日早晨，带着简单的行李和万山人的祝福，到县城的南部开始了新的生活。

　　万山，在县城的北部，远远地看它，依然是连绵起伏。只有爬上去过的人，才知道万山的山顶的确是一马平川，像古时候的练兵场。

（2002年1月19日于水口镇）

童年·野芳

　　朋友从山中带来一束金银花。"吾友中唯君倍珍野芳也"，她边往玻璃瓶里插花，边冲我做着鬼脸。看着朝阳穿过窗棂，撒在那束黄白相间的金银花上，一种温馨的感觉慢慢地爬上来，包围着我。呵，大自然，童年，野芳，那似乎已是很久很久以前的事了。

　　常常和小伙伴们在潮湿的田角、沟渠边寻找一种很不显眼的五角星花，找到以后就挖些起来放到盛猪菜、驴草的竹篮中带回去栽在旧瓷盆、瓦钵里。当野刺玫、山菊花盛开的时候，我则大把大把地摘些回家插在空酒瓶、茶杯里……

　　在家乡众多的野芳里，我最喜欢的是金银花。金银花开始打苞的时候，我就加倍留意田埂、山坡上哪棵打苞了，以待下雨的时候挖回去。

　　一次为金银花的缘故和弟弟大动干戈。

　　弟弟不知从哪里弄了棵法梧树栽在老屋后面。我找不到可以给金银花安家的好地方，便把它栽到法梧树旁，将还不太长的藤儿绕到树干上。一年过去了，法梧长高一大截，金银花也繁衍成一大片，粗粗细细的藤儿把原本直挺挺的树干缠得弯了下来，委屈地歪着脑袋；未缠到树上的藤儿四下里招摇着，仿佛在炫耀、在示威："瞧，我长得多快呵，非把你拽趴下不可。"

　　弟弟可能明白了金银花的"企图"。我好几次看到他站在那儿，怜爱地看着他的法梧树,瞪着我的金银花。终于有一天,他拿起了镰刀……等到我发现时,金银花那一簇簇翠绿的叶儿、藤儿已惨不忍睹,有的被扔出老远,有的被踩得一塌糊涂。几颗才发不久的芽儿挤在和泥土接壤的根部。满腔怒火的我冲向那棵还歪着脑袋的法梧树,弯腰就拔,拔不动,便跑到屋里拿了镰刀,只见银光一闪,法梧树首尾分家。

弟弟想来未料到他的法梧树也会遭到如此厄运。待他看到后便哭喊着扑向了我:"还我的树,还我的法梧树。"我抵挡着他的进攻,不由地也眼泪汪汪了:"谁叫你先砍我的金银花的……"

恰好母亲及时出现。她一手拉住一个:"你们这些讨债鬼的,成天花呀、树的,能当饭吃?看我不收拾你们。"一场"战争"在母亲的呵斥下平息了,但我和弟弟却好几天不讲话,遇到一块儿就仇人似的互相背过身去。

法梧树和金银花遭到那次砍杀后仍然相邻着。不久,法梧树的根部长出棵新枝儿,金银花也发了不少新藤儿,我在花旁插了几根竹竿,不再让它缠到法梧树上。

不知不觉地,法梧树又长到了被砍断时的高度,金银花又繁衍成一大片。春末夏初,花开时节,浓郁的金银花香弥漫了整个院落。

又一年的春天,我家在老屋后面盖新房。动工时,我和弟弟都不在家,法梧树和金银花被瓦匠们埋到了深深的泥土下面。

时光如水流逝。赤脚走在田埂上,光着脑袋在雨中拍着小手唱童谣,已成为遥远的过去,但童年时那种对野花、野草,对大自然的情感,仍清晰地留在记忆深处。我仍常常想起老屋后面的那棵法梧树,那开满白色、黄色的金银花,还有那些撒落在田角、沟渠边的五角星花…

（2002年4月22日于水口镇）

走过古徽道

4月中旬,我有幸去皖南参加"百名新徽商重走徽商古道·新徽商古道论坛"活动,时间虽仅为一天半,内容安排却颇为丰富紧凑,其中印象最深刻的莫过于那条隐藏在深山密林之中的古徽道。

出石台县城往南,顺着秋浦河上游蜿蜒而行,群峰绵延逶迤、云蒸雾绕,丛丛或红或粉的杜鹃、或鹅黄或新绿的不知名的花儿,在浓浓绿色中争奇斗艳,更不时有潺潺流水、声声莺啼、片片竹海让人耳目一新。

沿着盘山公路,穿过国家野生动植物保护区牯牛降的边缘,我们便到了位于珂田乡境内的仙寓山,驰名中外的"雾里青"茶即产于此山。300年前,"雾里青"沿着古徽道辗转江西、广东内河流域到达广州,最后登上"哥德堡号"商船,运往瑞典,成为欧洲贵族享用的珍品。1984年,考古学家在打捞"哥德堡号"时,发现密封包装随船沉在海底的"雾里青"茶叶竟然还能饮用。300年后,"雾里青"再次由重返中国的"哥德堡号"号带往欧洲,成就了一段传世佳话,演绎了一份绝美浪漫。

至桦根岭后,我们便自上而下步入古徽道。现存的古徽道全长7.5公里,在桦根岭被盘山公路拦腰而折为两段,人称"七上八下"。这条历史悠久、自唐朝就有商人行走的繁华古道,究竟始建何时?起自何处?终于何地?全长多长?现今已无从查考。

古徽道是当地人的叫法,实际是当时的一条"官道"。从黟县、祁门出发，经石台仙寓山榉根岭进入东至县境，直达江西饶州、鄱阳湖和安庆一带，历史上称之为"徽饶古道"。古徽道是徽商渡江北上的必经之路。明清时期，古老徽州，由于交通闭塞，地少人稠，经济落后，男孩长到十二三岁时就被"丢"到外面去学艺谋生，从而造就了雄踞中国商界数百年的徽商，形成"无徽不成商"之说。顺口溜"前世不修，生在徽州，十二三岁，往外一丢"，更是生动的呈现了这段历史情节。随着徽商的经营和发迹，在徽州逐渐形成了以儒家文化为内核，涵盖哲、经、史、医、艺诸多领域的"徽文化"体系，使徽学与藏学、敦煌学并称为我国三大地方学。

2004年，中央电视台在拍摄《华夏文明》纪实片时，曾试图探寻徽文化中古民居、古牌坊之外的重要载体——徽商走过的古徽道，但几经努力终未如愿。后来，一个偶然的机会，这条谜样的古徽道被发现了，从而拂去岁月的尘封，向世人撩开了神秘的面纱。

古徽道匍匐在连绵起伏的群山之间。沿途每隔3华里左右，便有一座石亭横跨古道，亭内建有石凳，两侧还有耳房，专供行人小憩或食宿，每座石亭内还有建亭时的石刻碑记。用来铺筑古徽道的石料，每块长约三尺左右，宽约一尺左右。石面上或均匀地分布着条状纹路或钤有精美的花卉图案。这种岩石被称为"五彩石"，究竟来自何处仍是未解之谜。

从榉根岭顺阶而下百米，便见到了"玉泉井"，井口直径约30厘米，传说"八仙"之一的铁拐李为解樵民之渴，用铁拐捣石而成。因盘山公路的修建，此井几乎被淤实，仅有尺余深，隐约可见泉水汩汩而涌。几米开外就是"榉根关"和"玉泉亭"。榉根关是一个重要的军事关隘，曾经是湘军驻扎之地，也是湘军与太平军激战的战场。其城墙高约10多米，沿着山脊向两侧延伸，有"一夫当关、万夫莫开"之势。咸丰十一年（公元1861年）二月二十四日，曾国藩在家书中写道："此间二十三日，榉根岭之贼破卡而入，不知历口沈宝成营足御之否？"并担心"榉根岭之贼若并入饶州一带，尤非左军所能了"。二十九日，他又在家书中记下："此间犯榉根岭之贼,二十五日围沈宝成等营盘,猛扑二时半。二十六日,朱云岩等进剿获胜,贼三四百人,追贼出岭。"而榉根岭之战的胜利,最终为曾国藩赢得了八月安庆之役的大捷。行走在古徽道上,我仿佛仍然能隐隐听到百余年前的厮杀声穿过时空的长河纷踏而至。榉根关隘依玉泉亭而建。饱经风霜的玉泉亭条形石块壁面上长满了色泽深浅不一的绿苔,向世人昭示着古徽道的艰辛磨难和厚重的历史文化底蕴。

过了玉泉亭,古徽道的台阶随山势而渐深渐陡。往前行约千米,一座山岩突兀在路边,当地叫"雁落坡"。雁落坡悬岩峭壁上有一个巨大的石洞,据说是早期中共徽州工委的所在地。再前行片刻便至"古稀亭"。此亭建于清宣统二年,是由一位七十岁的古稀老人捐建的,亭子的立柱和墙面也全部是条形石块,面积约有十个平方米,顶部已经风蚀为空,爬满了枝叶相错长短不一的绿色藤萝,斑驳的苔藓芸芸簇簇挤挤挨挨在背阴石块的凹陷处或缝隙中。古稀亭边上有一块"输山碑",立于清朝道光八年,是禁止在徽道两侧开荒伐木、防止水土流失、护路养路的禁山碑,这可能是我国古代保护生态环境的见证物吧。

古徽道两旁古木参天,枫杨、株树、石楠傲然而立,还有很多叫不出名儿的树。有一棵古老而高大的檀香木,高约30多米,腰围约有一米,人称"檀香木王",此树最让我惊叹不已。随处可见的野生茶树和烂漫纷呈的山花,散发出或浓浓郁郁或浅浅淡淡的香味,沁人心脾。枯黄的残枝败叶、飘扬的花瓣飞絮散落在忽高忽低的石阶、板桥上,更让古徽道多了些苍凉与空灵。间或传来动物的嘶鸣声,一位当地人告诉我那是正在发情寻偶的麂子,除了老虎,各种飞禽走兽、奇珍异草在这远离尘嚣的山林中应有尽有。

正独自默然行走间,两位茶农擦肩而过。茶农后背上灰白色装满新鲜茶叶的布包,随着他们轻盈敏捷的脚步颤颤悠悠打着晃儿。几抹阳光穿过树林的缝隙照在他们的背影上,仿佛一幅宁静而幽远的画卷。很快地,他们便消失在密林古道的前端,如梦幻般,好像从不曾来过。

古徽道在榉根山岭脚下的园通庵遗址前戛然而断,而我的思绪仍然飘荡在那些或平整或凹凸的青石板路上。曾几何时,在这条古徽道上,有多少能人志士写下了豪情与悲伤,有多少商旅走卒留下了汗滴与泪水,有多少达官显宦洒下了荣光与骄狂。而今古徽道已被弃之荒岭,偶尔有采茶、砍柴的山民走过,偶尔有休闲、寻踪的游人探访,而在更多人的眼中,古徽道只不过是一段历史的遗迹,那些曾经的荣耀与辉煌,曾经的感念与沧桑终究会被时光所湮没。

走过古徽道,在渐渐远去的苍茫的背影里,那些经过岁月的雕琢洗浴而留下的让人凭吊的痕迹,或许能够让人怀思悟醒,成就今天或者明天新的梦想……

(2007年5月23日于来安)

独步清流关

很小的时候就听说老家有个"关山洞"。离开故乡后，在历史的风尘中偶然拾得清流关的断章，才知道"关山洞"就是清流关。年少时的我曾趁放学后的闲暇时光跑到附近的竹林山野中捡拾粽叶、采挖草药，竟全然不知密林深处还沉睡着一个千年雄关。

"潇潇寒雨渡清流，苦竹云荫特地愁。回首南唐风景尽，青山无数绕滁州。"在初夏的晌午，我独自一人，低吟着清代著名诗人王士祯的《题清流关》，穿过村庄，越过田野，跨过堤坝，走近清流关。

让我梦萦魂牵的清流关，今天，我终于来到你的面前，品读你的辉煌，你的哀伤，你的冷寂，你的苍凉。看到了，逶迤的群山，葱郁的翠竹，林立的秀木，盛开的野花，还有那曾经承载重负的车辙铺陈着岁月的痕伤。听到了，潺潺的溪水，回旋的山风，悦耳的莺啼，喧嚣的蝉鸣，还有那穿越时空的号角喑哑着"车马嘶，旌旗乱，烽火遍连天"的悲怆。

怕惊醒你的睡眠，我轻轻地踏在块块青石铺就的古道上，迎着你的目光，遥望你身后走过的辉煌。

一千多年前，南唐为防北敌侵犯，在关山中段山口峭壁间置关，因其西濒清流河上游支流，在隋、唐、五代地属清流县，故名"清流关"。关洞拱形，深十余丈，巨石大砖垒砌，关楼雄威，翼然其上，东西门额上分别嵌有石刻"古清流关""金陵锁钥"的大字。

怀念是春天的草

关山，地处江淮间，当南北要冲，西与皇甫山、常山相望，其间方圆百里为"古战场"。清流关雄居关山之口，成"一夫当关，万夫莫开"之势，为历代兵家必争之地。昔日号称"九省通衢"，自南京往北经滁州过清流关出皖境，一道经河南、陕西通咸阳；一道经江苏、山东、河北至北京。这条沟通两京（南京、北京）宽5米的官马大道随着津浦铁路的修建，逐渐废弃于深山荒野之中。至今尚存的4公里古道上，辙痕深陷，青苔斑驳，芳草萋萋，枯叶飘飞，上马石、下马石和传说为关侯所劈的"试剑石"皆立于路旁。关上的旗杆座基、关下的中军帐基仍依稀可辨，明崇祯九年的修路碑散落在碎砖乱石间，而嘉靖年间重建关庙的断碑静静的横卧于关顶密林之中，朵朵细碎的黄花零落在青灰色的碑石上，这份凄美让我备感苍凉。

历尽千年风雨的清流关，在历史上曾经书写下厚重的一页。除了史籍传记，更有历代文人墨客诗词文赋吟诵清流关。明代文学家程敏政的《夜渡西关记》、清代文学家戴名世的《乙亥北行日记》等对关中风情均有详细记述。北宋文豪欧阳修所撰《丰乐亭记》云："滁于五代干戈之际，用武之地也。昔太祖皇帝（赵匡胤），尝以周师破李璟兵十五万于清流山下，生擒其皇甫晖、姚凤于滁东门之外，遂以平滁……"明开国皇帝朱元璋麾下勇将常遇春自清流关出兵，渡长江攻取马鞍山的采石，消灭了张士诚的部队；农民起义军李自成、张献忠与明朝将领卢象升所率大军在此交战，河水尽赤；太平军将领罗大纲率部北伐，与清朝将领胜保的三千骑兵大战清流关前，罗大纲部伤亡大半兵败溃退……

斗转星移，人非物也非。我独自一人，漫步在密林深处的千年古道上，静静地怀想着那如梦如烟般的断章。让我魂牵梦萦的清流关，如今只有半壁关洞满地乱石碎砖刺痛双眼，那分布在关口两边山上山下、商旅走卒熙攘喧闹的酒肆茶舍和往来香客驻足流连的寺、殿、庵、祠全无影踪。

史料载，关山寺（亦称关帝祠），坐落于山口东侧古道北。寺宇前后两进，庙门对联上联"关山西望心怀蜀"，下联"滁水东流恨入吴"。殿内梁上横匾"忠义千秋",后殿塑关公像。明嘉靖九年(公元1530年)管同作《清流关记》云:"关庙藏刀重八十斤,相传为关侯所用。"寺南古道路边有凉亭,亭西南坡上有包孝肃公祠、大佛殿。清刘文耀称此:"一将一相,乃文乃武。"寺院东过花园至娘娘殿,殿北山巅有无梁殿。关洞西口山下有滴水庵,有花园,有东西观花台,园旁有胡公(胡松,嘉靖进士,吏部尚书)祠。相传每年中秋节若逢夜空皓月,月光射满关洞,月映井底,形成"关山望月""井底映月"之奇特夜景。

清流关绝美的自然景观与丰盈的人文历史交相辉映,形成"清流胜境",然历经明、清及至民国,几经兵焚,屡遭毁损;抗日战争时期,这里又遭日军毁坏。在"文化大革命"中,巍峨的清流关洞券在"破四旧"的洋镐铁锤下轰然倒塌,彻底变为一片废墟。

独步清流关,回望断垣残壁,悠悠古道,绵延着无边的冷寂与期盼。走出深山,几只如雪般醒目的白鹭掠过密林上空,翩翩起舞,在飘逸而华丽的转身后消失于苍翠的竹林之中。想象着"清流瑞雪"飘飞的情景,仿佛听见尹梦壁执画而歌:"岭控江淮高刺天,雪中形胜与云连。鳞飞霄汉龙犹战,步滑关山马不前。乱压长松成盖偃,半凝莽暴化泵悬。道旁快听山翁语,飞尽遗蝗定有年。"仿佛看见欧阳修轻摇羽扇拾阶而上:"清流关前一尺雪,鸟飞不渡人行绝。冰连溪谷麋鹿死,风劲野田桑拓折……"

(2007年7月25日于来安)

老　家

　　老家有两排房子。前排建于 1989 年夏,是生产队里私人建的第一栋平房。后排三间瓦房是茅草屋拆掉后建的。盖房时父亲说,两个儿子一人四间,公公平平不会闹意见。而如今弟弟妹妹们都已在各自打拼的外省繁华都市里购置了房产,老家房子空着,鲜有人居。这恐怕是当年谁都没有预料到的。

　　2004 年秋,去昆明参加小弟婚礼回到老家仅仅十天的父亲在家门前突遇车祸离世,数十户沿路而居的亲友乡邻,却唯独只有母亲目睹了惨状的发生。那一幕对于携手走过三十多年风风雨雨的母亲来说是永远无法删除的记忆。父亲的后事办完后,我们即带着母亲离开老家。曾是亲友乡邻们聚会聊天、打牌消闲,热闹而温馨的家园,在一个倏然而至悲伤阴郁的转身后归于冷落、萧条、沉寂。

　　曾经有人想买、想租老家的房子都被我们婉拒了。老家,是父亲母亲辛劳一生创下的家业,是承载岁月温情与梦想的延续,怎么可以轻易改变、放弃?

　　两年多来,曾经离老家最远而今却最近的我偶尔会独自回去住上个一两天。

　　每次下车,我都会忍不住先向父亲遇难的地方看看,想象着他站在路边用手机打电话的专注,想象着刹车失灵的小车箭一般冲向他的心悸,想象着母亲搂他在怀里的慌乱,想象着他痛得满头大汗说不出话来的神情……纷飞的眼泪纠集着锥刺的疼痛如潮水般冲击撕扯着我的心房。

默默的打开卷闸门,推上去一半,再拉下关上。屋内斑驳的灰白墙壁上裸露着片片灰红砖石、凹凸不平的深灰水泥,多处缠绕着黑色绝缘胶布的电线形如蛛网或低垂着或悬吊着。

一幅压膜中国地图仍旧张贴在堂屋山墙上。当年回家看到它时,我很惊讶,一问才知道是母亲特意买来贴上的。每每听说我和弟弟妹妹们到一个新的地方,母亲便让父亲从地图上找出来。目不识丁的母亲看父亲移动的手指估摸着距离的远近,唠叨着我们会不会挨饿受凉,是否平安健康。

堂屋的东边一间原是半披厦厨房。父亲的"五七"祭日过后,弟弟便揭了厨房屋顶砌高东山墙改为卧室,厨房移到了瓦房内。

父亲母亲的卧室在最西边。一张破旧的杂木床上布满灰尘,或宽或窄的床板裸露着疤疤瘌瘌的木纹。邻床而放紧挨西山墙的五屉橱柜面的正中间摆放着父亲的遗像,边角上的竹笔筒里插着几根色泽依然艳丽的野鸡翎羽,那是父亲特意留给小孙子玩的。一张合影嵌在精致的相框里,父亲母亲相依而坐在昆明金殿植物园的仙人掌花圃旁,脸上的笑容幸福而安详。早已摘下的电话机和几本影集放在橱柜下面的玻璃格层里。每每翻看影集都会让我想起当时的情景,常常泪流满面。那次云南之行,父亲的相片拍得最多,没想到那些相片却成为他生命最后的定格和永远的纪念。

原先摆放电视机靠窗而置的长条桌上空无一物。贴桌而开的卧室门后面的铁钉上悬挂着一团黑色的狗尾巴毛。母亲当年听说纯黑狗的尾巴毛能为家人保安辟邪,便让父亲整了挂上。出事后,每次看到这团黑乎乎的犬毛,母亲总是既愤愤又无奈地唠叨,那么活生生的一个人说没就没了,能避什么邪啊。可是母亲仍舍不得扔掉那团犬毛,多半是因为它经了父亲手的缘故吧。

　　每次回老家，我都会谢绝姑姑的邀请而睡在父亲母亲的卧室里。从不相信鬼神的我在父亲走后倒真的希望有魂灵显现，希冀着父亲能够穿越阴阳时空的阻隔来与我相见相谈。

　　平房后面是前院，东半边打了水泥地，西半边栽种着一棵桃树、两棵梨树、三棵水杉、四棵葡萄。

　　桃树已挂果好几年。我常年在外一直没有看到过院中桃花盛开的景象，更难得碰到果实成熟。母亲常说家里的桃子很好吃，这使我对那些桃树总是充满了念想。有一年农忙时节，我回到老家，终于看到满树密匝匝白里透红的鲜桃，有的枝杈碰着了地面，有的已缀断露出乳白色的茎骨。我还未来得及放下行李，父亲便问，你喜欢吃未熟透的还是熟透的。我说，两种都要。父亲便钻到树下专挑个大的摘。未完全成熟的脆嫩可口，而熟透的把果皮从头一撕到底，青白的果肉绵软香甜。杏刮人，桃养人，父亲说，再好的东西也不能多吃。胃口大开的我却抵挡不了桃子的诱惑，

作者全家合影（摄于2010年春节）

还是吃撑得不行才打住。

一大一小两棵梨树在父亲离世前都没有开过花,后来开花结果我也无缘亲见,只听母亲说,梨子个儿挺大,吃起来柴得很,没滋没味。

三棵水杉树栽的时候很矮小,经过数年风雨都已长到碗口粗。父亲曾经用过的铁钩锈迹斑斑,仍然静静的悬挂在一棵水杉的枝杈上。笔挺的杉木仿佛忠实的卫士,炎炎夏日撑起翠绿的浓荫,秋风起时撒下满地细碎的叶儿成为庭院里花树们的天然肥料。

葡萄树原是我在乡下工作时买的新品种,最初在自留地栽了四十多棵,因没有围墙,陆续被人偷挖走了大半。剩下的葡萄树便分送给亲友乡邻,只留下几棵移栽到院子里。在老家的日子里,我总喜欢静静地坐在枝叶浓密的葡萄架下,吮吸着淡淡的清香,懒散地翻阅着书籍。

父亲走后,每当桃、梨、葡萄果实成熟,保管钥匙的姑姑便开门喊亲友乡邻来摘去吃。

走过前院便是更为宽敞的后院。父亲健在时,后院只砌了东面围墙;父亲走后,我们把围墙全部拉了起来,和前院相连形成封闭的院落。

后院北边紧邻瓦房的是片高地,这里曾盖过猪圈,而今仅残留些凹凸不平的水泥地面。南边地势低洼些,是曾经的自留地。在父亲左腿受伤前,一年四季,这里一茬接一茬地种满蔬菜,从未间断过。当蔬菜吃不完时,父亲就担到街里卖或送给亲友乡邻。后因忙不过来,一半地种菜,一半地栽种花生、玉米和棉花。2004年春,不慎脚踝骨折的母亲在我家养伤期间,父亲不想让母亲再整天忙碌不停,自作主张在上面全部栽上了杨树。在肥沃土壤的滋润下,杨树长得很快,渐渐形成一片树林。

时值清明,我重回故乡。伫立葡萄架下,漫步杨树林中,淡看云卷云舒,冥思世事变迁,老家,在渐渐厚重的苍茫暮色里,像一幅静默的山水,弥漫着浓浓的忧伤。

(2007年5月21日于来安)

致天堂里的父亲

很早就醒来了,是窗外雨声惊醒了我的梦,还是冥冥之中感知您来看我了?

父亲,今天是22日,您永远离开我们的日子!两年五个月了,每月到这两天,我总是会不由自主地更加想念您,您也总会如期而至走进我的梦里。

午后短暂的睡眠中,我又梦到您了。我们一道走在故乡的田埂上,您仍然穿着那件深蓝色中山装,沾着些许泥浆的裤脚挽到了膝盖上。我想和您谈谈玉儿的事情,却总是被过往的行人打断。

父亲,冥冥之中,是您让玉儿来到我身边的吗?是您不忍再看我像冬眠的蛇一样陷入痛苦的深渊里,而让玉儿来唤醒我沉睡的灵魂吗?

在过去的两年多时间里,我常常从梦中哭醒,常常对您远去的身影大声哭喊着:"爸爸,不要走!""爸爸,等等我!""爸爸,带我一起走……"

父亲,失去了您,我才知道您在我心里的位置是那么的重要!才知道自己原本有着很深的恋父情结,而这种情结其实一直在无形中影响着、左右着我对身边男人好坏的判断。

父亲,您的突然离去让我对人生有了更为深刻的理解。生命只有一次,人生一世不能只为自己而活,更应该努力为家庭、为他人、为社会做力所能及的奉献。对于自己的身后事,我已想好:如果有一天,我碰到了意外或得了重病,在我的大脑已呈现死亡状态或心脏停止跳动后,将我身体上可以利用的器官捐献给那些需要做移植手术却为钱所困,在等待中挣扎的善良的人们;将我的骨灰一半撒入大海,一半撒在您墓地旁边的花圃里。

父亲,您墓地小花圃里的菊花现在长得很好。您知道吗?那是我栽种下的影子,如同我的存在朝朝夕夕陪伴着您。

父亲,在天堂的那一边,您过得好吗?

父亲,在天堂的那一边,您会看着玉儿快乐地长大,我会像您疼爱我那样疼爱着她。

(2007年3月29日于来安)

桥

此刻，窗外不时地传来声声犬吠，阵阵哇鸣此起彼落。因着屋后的护城河，虽远离乡村，在这初夏的夜晚，倒也能让我感受到田园才有的纯粹与静谧。

独自坐在书房里，终于有勇气敲打下这篇文字的题目，沉积多年的无法言说的心绪逐渐清晰起来。

不知从什么时候开始，桥，每每看到听到这个简单的字，每每走过路过各式各样的桥，我都会不由自主地感到一种莫名的痛和忧伤。

不知道这种痛和忧伤为什么会像符咒一样追随着我，时时让我感到压抑和郁闷。现在，终于可以走回过去，陈述我的生命中与桥有关的故事了。

故乡有两座桥，一座木桥，一座石桥。两桥一南一北，一低一高，直线相距五百米左右。

木桥始建于明代嘉靖四十四年（公元1595年），是滁州历史上的名桥，历代屡毁屡修，故乡人称其为"老桥"。老桥的桥墩桥面桥栏皆为木质结构，连接老街的东西两端。数百年的风吹雨打让这座木桥更像饱经沧桑的老人，桥面如同打着补丁的破旧衣衫，散布着数个大小不一的洞口，透过洞口便能看到下面清澈湍流的河水和纵横交错的木墩梁柱，桥栏则如同赤裸着凹凸筋骨粗糙肌肤的臂膀，护佑着桥上川流不息的行人车马。

这座木桥在我年少的记忆中充满了诡谲。

一些长辈说修这座桥死了不少人，他们阴魂不散，变成了"水鬼"。晚上，桥会横过来，而走在上面的人是看不见的，掉下去后连尸骨都找不到。先死去的人为了转

故乡的桥（摄于2012年9月）

世投胎，会再拉一个人下去做替身，如此反复，无始无终。长辈们说得活灵活现，让人毛骨悚然。

姑父的父亲，曾是医术精湛的国民党军医。"文革"期间，他被戴上高帽整日挨批挨斗。一日"游街"到老桥上，身心受尽摧残的他趁人不备纵身跃过桥栏投河而死。而若干年后的同一天，几乎同一时刻，他的孙女，我那快到两岁的伶俐漂亮的小表妹莫名地发起高烧。在医院，她还没有吊完一瓶水就手脚抽搐浑身青紫地走了。事后，姑父说那天中午天晴得好好的，门口竟然刮过一阵旋风。于是，人们都说是含冤而去的爷爷把她带去做伴了。

一位成绩优秀的初二学姐，暑假里在这座木桥一侧的石墩上洗衣服。为了捞不小心从手中脱落的棒槌而沉入水底。这个花季少女，曾和我同是小学校少先队大队委成员。我曾从她的手中接过队旗，曾一起唱歌一起欢笑，却未料到她竟然在一个伸手之间命殒于这座木桥下。

一个同学也说，有天晚上他和父亲从木桥上走过时，忽然间眼前漫起一阵浓雾。而那年大旱，上学的我看到木桥下干涸的河道上凝固着一大摊黑红的鲜血时则感到一阵阵的晕眩。

这些与死亡有关的或虚幻或真实的存在，一次次击打着我童稚的心

灵,冲撞着我脆弱的神经,以至于我每每走上这座木桥时都有些提心吊胆,内心充满了恍惚和恐惧。

进初中后,我便走石桥去学校,很少再走这座木桥。

石桥,在木桥的北面,新中国成立后因修建公路才有了此桥,所以故乡人又称其为"新桥"。简朴的石栏杆、大小相间的穹形桥洞好像并没有什么特别之处,倒是与此桥有关的死亡场面让人刻骨铭心。

流经桥下的河水,绵延曲折,不仅浇灌了故乡万亩良田,哺育了无数生灵,也是人们夏天消暑的天然浴场。姑姑的一个好姐妹特别喜欢游泳,常像男人那样从高高的新桥石栏杆上纵身一跃,直入水中。而那个夏天的傍晚,她邀请姑姑等人去游泳,姑姑未去。同去的姐妹们看着她一如往常轻盈地跳离石桥栏杆,却再也没有从水中微笑着露出头来。

这关于新桥的与身边人有关的死亡我没有亲见,但在年少的记忆中,我始终无法忘却另一个场面。

那天,我正在家里做作业,忽听说新桥有人自杀了。我便跟随着人们匆匆跑到新桥。在第一个桥洞旁的坡地上,一位身着素净短袖衫白裙的年轻女子平躺在地上,两肘向上弯曲摆放在头的两侧,乌黑的长发,被水浸泡的惨白的面容平静而安详。没有人知道她是谁,更没有人知道她生前遭遇何种劫难而选择以此种方式告别人间。围观着的人有的叹息,有的掩面而泣,而我则呆愣着。这是我第一次与死亡的人面对面。这个场景在以后的日子里常常会不由自主地从我的脑海中跳出来,以至于我无数次后悔不该去看的。

桥,为活着的人提供生存便捷的同时,也成为死亡的通道和平台。此后,我又无数次的听到些为情所困为生所逼的人走上桥结束自己或风华正茂或苍凉颓废的生命,听到些鲜活生命因为桥的突然坍塌断裂而凋谢零落。

桥,生存与死亡的轮回,希望与绝望的连接,寒冷与温暖的临界,仿佛一个个意象，一个个符咒在年少的记忆中沉积堆叠着。在某些时刻，尤其是看到桥时，这些记忆便会活泛起来，幻化为莫名的痛和忧伤，渗入敏感而忧郁的血液里，久久淤塞不散。

记不清是在哪一年，故乡那座破败不堪的木桥终不能承载岁月的重负被拆除，取而代之以狭窄的水泥桥。2003年7月，那场百年未遇的暴雨夹杂着雷光电闪轰然而至，三天三夜，河水猛涨，转眼间就漫过水泥桥面。肆虐的洪水卷着4艘运沙铁船飞速冲向老桥，第三条铁船撞上桥体——"轰"的一声，老桥被拦腰撞断，断裂的桥身连同铁船一起沉入水底。洪水退去后，老桥东西两端的残留部分浮出水面，静静的站立着，河水拍打着墩石，忽高忽低的声音仿佛是老桥在呜咽悲鸣。

那些亲眼看着老桥被撞断的人们，每每想起，心里都有一种清晰的痛。几年来，人们奔走呼吁修复断桥。一次次的反映诉求，一年年的提交讨论，断桥，在人们望穿秋水的等待中依然残破不堪地矗立在河两岸。为了孩子，为了更好地生活，有的人不得不搬离桥西世居的家园。

老桥，历经数百年的沧桑，从木桥到水泥桥，再到断桥，见证着故乡的老街从喧嚣走向冷落，归于沉寂。

新桥，因车辆增多公路拓宽，后来又被改建为原来的两倍宽，也变得更为坚固美观。

站在新桥上看老桥，站在石桥上看断桥，回想着生与死的轮回，品味着人与物的更迭，终于明白，那浸润在血液里的无法言说的痛和忧伤来自于先天的悲悯，来自于那缠绕在稚嫩灵魂深处的心结，无法消弭。

明白，也就释然。

（2007年6月于来安）

走在故乡的土地上

　　故乡于我而言是有些隔膜的。年少的我曾急切地想逃离,逃离那种日出而作日落而息,弥漫着纷争与喧嚣的生活。为了逃离,我沉醉在书籍与梦想之中,而对与己无关的人与事保持着近乎冷眼旁观的淡漠。

　　故乡于我而言又是永远的牵挂。成年后的我如愿以偿地离开了那片土地。然而,无论走多远,故乡,却始终如同一根线牵着游子的心,那份牵挂总会让思绪不经意地飘回到生命最初的起点。

　　五月,乡村收获与播种的季节,我回到久别的故乡。当太阳的影子缓缓爬出院墙时,我走出家门,沿着公路,沿着小清河,试图穿过岁月的车辙去找寻曾经的痕迹。

(一)悲伤的公路

　　老家门前的公路属于311省道滁定路段。

　　20世纪60年代初,爷爷带着父亲背井离乡沿途乞讨流落到这片土地上,在小清河边用泥巴苇草搭建了安身的窝棚。随后,奶奶带着叔叔和姑姑,还有家族其他人也投奔而来。

　　三年自然灾害期间,爷爷、奶奶先后因疾病和饥饿离世。后来,小清河下游水库扩容,窝棚被淹,父亲便通过生产队在公路南面的一片山地上盖起三间茅草屋,并用黄泥巴筑起一米多高的院墙。童年时候,我们常踮起脚尖趴在院墙上看来往的车辆,常会翻过院墙滑下长长的陡坡溜到公路上玩。

父亲的左腿不慎被轧断了后,家里的茅草屋已破漏不堪,便打算建新房。而按照省道沿线规划要求,新建房屋必须正门朝向公路。于是母亲和姑姑、叔叔们硬是用大锄、铁锹、洋镐和板车辛劳了一年多,才把高出路面近十米的山头刨平。1989年夏天,家里在刚还清旧债的情况下,又借钱在离公路十多米远的地方,紧邻茅草屋的北面盖起了四间平房。

以老家房屋为中点,门前公路向西两里外有一个大拐弯,向东两里外则是一段下坡路直达新桥。这四里多长的路面平直得很。新房建好数年后,公路改造拓宽,交通事故竟多了起来。

同样以老家房屋为中点,门前公路南侧的东西两边二百多米处各有一个水塘,公路恰似一根扁担两头各担着一个水塘。人们据此说它是扁担路,并传言若当年发生交通事故,或死或伤至少会累及两个人。

几年来,命殒于这段公路上的人至少有十多位,有的是本地人,有的是不知名的外地人,而先后殒命两人的年份倒是真的有好几例。这样的巧合让我这个无神论者也对所谓的"命定"多了些许无法言说的疑惑。

一段原本平常的公路,却因一个个鲜活生命的零落凋残而多了些许莫名的诡谲。

那年的一个雨夜,居住在公路边的人家早早关门歇息。一向睡得较晚的父亲,于凌晨时分突然被公路上异样的喧哗惊醒。他披衣开门,拎着手提节能灯出去查看。只见两百米外,晃动着三两个人影,走到近前才知出事了,父亲清楚地看见一辆变形散架的摩托车斜躺在路边。父亲认识那辆摩托车。摩托车主是一个在街上租房做机车修理的年轻人,他是家中独子,也是我大弟弟的同学,平常回家遇到我父亲时都会笑着打招呼。除了摩托车,路上并不见人。在明亮的手提节能灯的映照下,路中间散落着细碎的骨肉,四下流淌的血让人触目惊心,被碾压过的衣服碎片粘连在路面上。

　　父亲不时地挥动手臂让呼啸而来的车辆从路边走。天亮时,他的家人终于从山里赶来了,面对路上残存的骸骨悲痛欲绝,他的母亲一度晕眩昏死过去。一个活泼健硕的年轻人就这样丧生于车轮之下,继而被过往车辆数次碾压。家人只能在潮湿的路面上搜刮捡拾起残存的碎骨用破烂衣衫包裹着带回家去。事故发生的确切时间,肇事车辆是哪里的没人知道。白发人送黑发人,这是怎样的一种痛啊!后来听说他的母亲因为打击太大患上了精神分裂症。

　　同年,另一位少女如花的生命也定格在这段公路上。她是外省人,在市某技校读书,不知道什么时候开始和这里的一位男孩谈起了恋爱。那个周末,她独自坐客车来看望男孩。下车后,她直接从客车头部穿越公路,正好被后面急速驶过的货车撞上,当即死亡。人们从她带的手提包里找到了学生证。学校通知了她的父母,而她的男友及其家人却选择了逃避,佯装不知。女孩的父亲母亲后来多次来到这里,甚至悬赏找寻线索也不得而终。一年多后,我才听说了这次事故。我深深地为男孩,为故乡人这样的沉默感到羞愧。

　　父亲常年在这条公路上奔波,看到了太多的血腥和伤痛。每每遇到放学的孩子,父亲总是不厌其烦地提醒他们靠路边走,骑车慢点。对我的母亲,对我们这些常年在外的孩子,每次回家,他也总是一而再,再而三的叮咛,下车后别急着走,看清楚两头再过马路。

　　然而,在那个桂花尚且飘着余香的早晨,去昆明参加小弟婚礼回家仅半个月的父亲一如既往的早早起床去收山货,却被一个送货的人喊来家。送走送货的人,父亲走出家门,穿过公路去上厕所。厕所里正好有人,父亲便折返,站在公路北边打电话。就在那当口,一辆自西向东超速行驶的小车方向失控直接撞向父亲。父亲在医院重症病房深度昏迷七天七夜后,没有留下一句话便离开了我们。

后来得知，父亲出事前的两个多月，一位老奶奶在这段公路的西头路边被撞身亡。当时，父亲去了定远老家并不知晓这件事，回来后仍蹲在老奶奶出事的位置收货。知道的人忙喊父亲别待在那里。那个老奶奶是父亲认得的，一个很能干也很可怜的独居老人。父亲听后不住的叹息，缓步挪到另一处。

父亲去世后，从不进寺庙的小弟经不住朋友的劝说带着弟媳去了琅琊寺。寺庙的高僧看了弟弟抽的签和手相说他三十岁前家里会出大事，不是财就是人。弟弟便说了事情的前后。高僧说，你父亲是赶着命走的，躲不过去的，他把所有的苦难都自己扛了去，你们以后就会好了。下山后，弟弟终忍不住在路边恸哭一场。父亲，真的是命运注定您的一生只能拥有辛苦与劳碌吗？真的是命运注定您要用自己的生命去庇佑子女未来的安康与幸福吗？

去年秋，又一位相熟的贫穷老人扛着铁锹去稻田看水，回来时被撞倒在路上。待被发现时老人已气息全无，而肇事车辆早已跑得无影无踪。老人被送到殡仪馆后，家人跑上跑下，结果无人过问。家人气愤之极，披麻戴孝强行从殡仪馆拉回老人的遗体，摆放在公路上，造成交通瘫痪好几个小时。市、区、乡去人调解，最终民政部门补偿了五千元才得以让老人火化入土为安。

还有一位母亲来看望嫁在这里的女儿后，准备回家，女儿女婿送她上车。客车来了，母亲独自向公路对面走去，一辆摩托车冲向她。母亲终在女儿女婿的悲号里恋恋不舍地走向另一个世界……

这段仅仅四五里长的公路，集聚了太多的无奈和悲伤。一个个鲜活生命的凋零，一个个家庭的不幸，也没有换来交通警示牌之类标志的出现。

我沿着公路缓步而行，追寻着父亲曾经的足迹，缅怀着那些或熟悉或陌生的消逝的生命。人生又何尝不像这段公路？看似平坦，却时时危机四伏，稍有不慎，灾难就会猝不及防、横飞而至。除了珍惜拥有、把握当下,我们还能有更好的选择吗?

(二)漫步小清河

穿过公路和一片杨树林,我走上了弯弯曲曲、坑洼不平的田埂,瘦削的身子随着脚下的高跟鞋不时打着颤儿,仿佛扭秧歌一般。

原本能容纳一牛一人并排而行的宽阔田埂几乎再也看不到,被铁锹犁铧切割铲削得狭窄逼仄,盘桓在一块块田地之间。大片麦子已收割结束,裸露着土地的本色,间或有几块田地已插上水稻,青绿的秧苗精神抖擞的站立在浑浊的水面上,有些田地里零星散落着秸秆燃烧后留下的黑色灰烬。地势高些的旱地里,花生正繁茂的生长着,破土不久的芝麻顶着淡绿的毛茸茸的细叶儿,新近移栽的棉花也长出几片椭圆状的绿叶。

作者的母亲在劳动(摄于1992年)

穿过这一片田地便触摸到了那条经年不息的河流。她是故乡最宽阔的河流,人们称之为"大河",我和伙伴们则叫她"小清河"。

在我年少的记忆中,小清河很少有干涸的时候。清澈的河水曾让我深深迷恋。无论春夏秋冬,无论雾雪晨昏,我总是贪婪的吮吸着她的甘甜与纯美,品味着她的深邃与幽远,感念着她的自由与坦荡。

离开故乡的脚步渐行渐远,小清河的清澈与宁静却被喧嚣的铁船、堆积如山的黄沙打碎。她原本素朴洁净的面容沾满了厚积的油渍和污杂的垃圾,再也看不到成群的鱼儿与飞鸟,看不到悠柔的虾米与水藻。整条河流弥漫着金钱的腐朽与恶臭,流淌着人性的贪婪与嚣张。

哺育无数生灵的小清河渐渐成为疾病和死亡的慢性毒药。混沌污浊的河水,漂浮成片的死鱼,扑腾倒地的鸭鹅,刺痛着人们的眼睛和心房,却奈何不了满河的铁船,奈何不了利益的坚硬之网。世居河流两岸的人们对于政府及其职能部门的不作为出离愤怒了,他们群起而奔呼:"保卫水源,还我绿色家园!"

治理河流污染最终摆上了政府议事日程。小清河上一条条采沙的铁船被就地肢解、变卖或沉入水底。经过数月的突击行动,小清河终于回归往日的宁静。

数十年间,小清河经风历雨,从宁静到喧嚣再复归于宁静,见证了故乡的繁华与冷落,目睹了人性的丑陋与善良。

沿着河岸缓步而行,年少时在河水中嬉戏打闹的情景恍如昨天。转过河弯,昔日蹲着淘米洗菜的青石上,一人正上下抡着棒槌洗衣。

是秀婶,一位和母亲同龄的女人,看到我后愣了下便笑着说:"姑娘,来家啦,你妈回来没有?"

我仍像以前那样称呼她:"秀婶,洗衣服啊,我妈回老家了,下午三点多送她上车走的。"

记得我没上高中以前,身材矮小但吃苦耐劳的秀婶是我们家的常客。她男人会木匠手艺,从小备受父母娇惯,有着严重的大男子主义思想,饭来张口,衣来伸手,油瓶倒了不扶,还经常无缘无故的打骂女人。每每此刻,秀婶总是跑到我家哭诉一番。于是,我的父亲或母亲便去她家劝说,但是也过不了多久,她男人又会故伎重演。

秀婶的三个儿子挨着肩儿。曾有村人不无鄙夷地说,有那样的妈和老子,那三个小子都得打一辈子光棍。而现在,秀婶老两口很少吵架打闹,男人也安分勤劳许多。三个小子没让秀婶他们操什么心,先后娶了媳妇,两个媳妇已生了孩子,另一个已胎在腹中。而当初笑话她的那家人的儿媳妇早已跑回娘家没了影儿。

我告别秀婶，继续沿着小清河往前走。河对岸两三头水牛在河边的洼地上悠闲地啃着水草。尽管已经许多年没有踏上河那边的土地，可一切还是那么熟悉亲切，若隐若现在远处山林中的屋舍仿佛还是从前的样子，似乎没有什么变化。

前方，一位头戴草帽，脖子上搭了条毛巾的中年女人正专注地用手掬河水喝，这不由得让我想起从前放牛、割草药饥渴时的情景，我那时掬水入口也是如此的贪婪沉醉吧。

她扭头看到走到近前的我，有些不好意思："这河水很好喝的，甜丝丝的，回老家来了，今天没上课啊？"

她怎么会问我是不是没上课呢？我努力搜索有关她的记忆。想起来了，是同村那个女孩，那时人们常笑话她不识数，是个连自己放多少只鸭子都数不过来的笨女孩。她上了几个一年级后学习老赶不上趟儿，便辍学了，我上高中后几乎再没见过她。

她竟那么快认出我来，这让我有些感动："我早已改行了，不再教书。我上午回来的，这会儿想出来转转，你在忙割麦子？"

"不是，在家没事出来拾点麦子，田里掉了不少呢。"

那散落在田间地角的麦穗、稻穗，那隐没在泥土里的落花生，那时站时曲、时走时停的娇小玲珑的身影，那背在身后或挎在胳膊上的竹篮、蛇皮口袋，在我的年少时光里掺杂了些许温馨些许苦涩的回忆，在她却始终延续着，成为平淡琐碎生活的一部分。就如同这土地，年复一年播种着希望，收获着喜悦。

走过昔日的码头，一位五十多岁的老邻居正摆弄着粗长的塑料管往田里抽水："回来了，姑娘，转转啊。"

"是啊，好多年没到这河边走了，抽水栽秧啊。"

"等着水栽秧呢，机站的变压器被偷了，队里打不起水来了，只有用自家的耕田机打水,柴油太贵,什么都贵得要死,光这一块田就得花几十块的油钱。"

"是啊,什么都贵,机站废了,都各忙各的了。"

"村队没有人伸头管事,也拿不出钱再买变压器,没办法,都各顾各了。"

老邻居的话让我想起当年每到农忙时节,学校都要组织我们去给人手少的困难家庭收割庄稼,村队里也常会组织这样的互助劳动,而现在很少再能听到看到。

包产到户打破了大锅饭,使农业耕作由集体走向个体,并逐渐由互助走向唯利。起初,人们还相互帮忙着割麦插秧,顶多吃顿便饭,花费些便宜的烟酒,而随着机械和劳动力的货币化,数额不定的钞票取代了无偿的互助劳动,往日亲密的邻里关系被冰冷的纸币重新定义,金钱使人情日渐遥远生疏,人们更多的只关注自己的小家。

"都各顾各了",不知道这算不算是社会前进中的一种道德的倒退或文明的悲哀?

清澈的河水通过粗长的水管注入收割后的田地,老邻居的弟弟双手扶着用耕田机头带动的铁犁铧一圈圈转着,翻腾的泥块不停的滚动落下,浑浊的泥水四溅开去,使得他身上沾满泥浆的衣服分不出本色来。

狭窄逼仄的田埂泥泞不堪,找不到落脚的地方,我只得趔趄踩踏着丛生的杂草如野兔般蹦跳到另一道田埂上去。不远处,一辆庞大的收割机轰鸣着,如饥饿的巨兽狂吞着成熟的麦子,留下半尺长的麦秸在宽大的车辙里与土地亲吻粘连。一粒粒饱满的麦子吞吐出来被主人装进蛇皮口袋,堆放到车厢里,而麦壳等废弃物在车身后面随风四散。另有三两个人在收割机无法到达的地角挥动着镰刀,他们从容而专注地忙碌着,没有喧闹,没有谈笑。偌大的原野上除了机器的轰鸣,竟然听不到从前常有的高亢激昂的劳动号子和繁忙的喧嚷声。

很多年没有在农忙时节回乡了,这样的农忙场景竟感觉好陌生。是我们抛弃了土地,还是土地远离了我们?是我们放弃了乡音,还是乡音疏离了我们?

走在弯曲的河岸边,高过膝盖的野草和荆棘不时地缠绕到白色休闲裤上;粘连的蜘蛛网、灰黑的草种子沾满了衣裤。以前,人们是不会让它们这样恣意生长的,早有人用刀砍了放在河岸斜坡上,等晒干后捆好背回家当柴火烧。

清澈的河水静静地流淌着,芸芸簇簇的野生菱角舒展着墨绿的叶儿漂浮在水面上,间或夹杂着大大小小有着苍绿圆叶儿的水葫芦和有着青绿椭圆叶儿的水花生。成群游过的鱼不时地露出头来,吐出一个个气泡,荡出一片片涟漪。我努力放轻脚步,俯下身去,探寻躲藏在石头缝隙里的石斑鱼、虾米,却不料它们仍能感知得到危险的来临,倏地逃开去,如箭般潜到深水处了无踪影。

河岸边仍散落着废弃的沙堆、破旧的石屋。我弯腰捡起几块碎石,瞄准远处,贴近水面用力扔出,碎石在水面划出几个漂亮的弧线后落入水中。当年我曾和伙伴们争先恐后地玩这样的游戏,看谁打出的水漂多、距离远。斗转星移,物是人非,当年的玩伴已多半不知身在何处。而小清河,依旧是故乡土地上蓬勃跳动的心韵,浸渍着一方土地,养育着一方生灵,美丽着一方风景。

(三)荒废的机站

转过一个突出的山坡,便看到了机站。

这座机站,在我的生命中仿佛一座雕塑。在离开故乡的日子里,那个孤独的瘦削的女孩无数次地站在机站的沟渠上,眺望远方,站成一个寂寞的剪影。

那个女孩是我。

覆盖着灰黑瓦片的机房静静地孤零零地立在河边高地上,瓦片上长满了蒿草和墨绿的青苔,半截烟囱了无声气地杵在半面屋脊上。粗长的生满铁锈的涵管一端深入水中,一端穿越机房,通过粗大弯头的连接顺着斜坡伸到沟渠沿上。

踏上裸露在屋墙下的涵管,我试图透过密布尘埃的窗口看到屋内的陈设,然而什么也看不清,甚至连虫儿的鸣叫声都没有,寂静得有些阴森森的感觉。

往年,这个时节机站最为热闹。需要抽水的各大队、小队早已排好了秩序,并安排专人轮流看水。看水的人们肩扛着铁锹,头戴着草帽,脖子上荡悠着毛巾,按着分工的地段在沟渠上来回查看。哪儿渗水了,就挖些土补上夯实;哪儿决口了,就用塑料袋装满土给堵上,尽可能的让水少损失些。

抽水时节,我最喜欢待在机站的涵管口那里,看状若白浪翻滚的水柱冲出粗粗的涵管口,发出激越的声响,倾泻到下面的蓄水池,顺着长长的沟渠流过村庄,放进塘坝,再灌入每块田地。许多鱼虾也随着水流被抽上来。大些的鱼儿常常被绞为几段,很少能幸运的存活下来。我常常禁不住水的诱惑,脱了鞋,扶着粗糙的水泥渠坝,追随着水流,捡拾起一条条绞死的鱼。时而让自己没入水中,用手扒着渠坝,只露出脑袋,双脚不停地踢打着流水。时而让瘦弱的身体仰浮于水面随着水流漂荡,感觉足够远了便双脚着地转身再逆水游回蓄水池边。

抽水时节,机站是孩子们的快乐天堂。我和伙伴们不知疲倦地在沟渠上玩着各样游戏,在水中打闹够了,便移到坡下的草地上或坐或躺,或蹦跳或练压腿等,成群的鸭鹅在身边或懒散觅食或打着盹儿。不远处的河边或山坡上,数头水牛在悠然自得地啃食着青嫩的草叶儿或甩动着光溜溜的尾巴驱赶蚊蝇。

抽水时节,看机站的大兵总要忙碌些。他里里外外地穿梭着,不时地拉闸计量,招呼着来往不断的看水人。

大兵，一个憨厚的男人，打了一辈子光棍。他得过小儿麻痹症，左手落下残疾，弯曲在胸前的紧握的拳头仍像个孩子的手。

大兵，一个诚实的好人。他看了一辈子机站，尽职尽责，窄小的机房总是被他收拾得干干净净。除了看机站，他还用那只健康的右手握着铁锹、锄头在附近的山坡上挖刨出一块块或宽或窄的田地，种上花生、玉米，栽上西红柿、辣椒、茄子等。

我开始以为大兵是个孤儿，后来才知道并不是。他有个姐姐，在一个生产队里，但姐姐嫌他穷，嫌他没用，基本上和他不来往。父母早逝的大兵就一个人孤零零地住在机房里。

从看到大兵的那双手起，我心里就对他充满了同情。每次到他的机房，总是帮他做些力所能及的事情。那一年秋天，大兵挎着满满一竹篮花生送到家里，让母亲炒给我们吃。

冬天，大兵经常穿着那件不知道穿了多少年的土黄色的军大衣，待在机房里，生起炭火，听着收音机。我们偶尔到河边，会走进他的小屋，围坐在火盆旁，把他给的花生或玉米放到火盆边烤熟了吃。

记得大兵不太爱串门，倒是最喜欢去我们家，经常和爸爸聊天儿。后来我去外地上学，很少再见到大兵。

有一年回到故乡，我独自转到机站，看到机房门紧锁着，好像没人居住的样子，回家后问起大兵，才知道他竟走了，走得那么凄惨，那么突然。

那天，市里处决五名死囚犯，一路警笛长鸣。囚车经过老家门前公路时，人们数着过去的车辆，数着处决的人数，纷纷说着一下子处决五个犯人不好。个把小时后，处决犯人后的车队返回，经过门前那段公路，大兵正从路边走，其中一辆警车不知怎么回事儿直接冲向他。这件事当时颇为轰动，谁都没有想到，心地善良的大兵会成为那天第六个丢了性命的人，人们越发相信这段公路邪气太重。

大兵走后，机站便无人居住。只在需要抽水的时候，紧锁着的机房门才会被打开,喧闹了几天后,门又被重新锁上。

没过两年,机房门口的变压器被盗,再也没有重新架设。村队再也没有组织过抽水。每到栽秧时节,人们就依靠塘坝里的自然蓄水,塘坝水不够用的话再各自用柴油机直接从小清河里抽水灌溉到田里。

破败的机房、粗长的涵管在岁月的流逝中经历着风雨的侵蚀,仿佛一道刺眼的疤痕静静地盘踞在河边那片高地上。

寂寞的剪影。涌动的河水。逝去的大兵。荒废的机站。

在故乡的土地上,这里曾经是最让我难以忘怀的地方。

(四)即将消失的村庄

沿着小清河边走了约摸有四五里路,便看见新桥呈东西向横跨在小清河上。踏上新桥,可以看见南面四五百米外的断桥依然立于水中。两个钓鱼的人倚靠在石桥栏杆上,专注地盯着水里的浮漂。

过了石桥,我继续沿着小清河岸边走,不一会儿便看到了那个叫马厂的村庄。

怎么不见了那茂密的箬竹林?我有些怀疑自己的眼睛。走过几块低洼的田地,来到庄前,那曾经很熟悉的房子——记得是一个同学的家后面,终年翠绿的箬竹林竟然变成一块块大小不一的菜地,只有稀疏的几丛竹子没精打采地散落在河边地角。

那片箬竹林,当年每临近端午节的时候,我们便会在放学后结伴来这里捡粽叶。包粽子的箬叶要捡那些粗长些的,新落的箬叶色泽匀称干净平滑,落地时间早又经过雨水泡后带有灰黑色斑点的箬叶,即便粗长也会被弃之一边。对于那些被竹枝挂住悬在半空的箬叶,我们则会抱住竹茎使劲摇啊摇,直至其翩然落地。每每拾够一把的时候,便用撕开的箬叶包扎好夹在胳肢窝里或放在某处容易找到的地方,等走的时候一并捆紧拎回家。

记得同学家门前,靠着低矮的菜园墙有棵杏树。伙伴们看着那满树青青黄黄的杏子垂涎欲滴,常会在捡粽叶的间隙或临走前,爬上墙头站直了身子伸长了手臂去摘杏子。我只吃过一次,站在树下接了同学递过来的一个半青半黄的杏子,用衣角擦擦便往嘴里塞,一口下去,酸得龇牙咧嘴,忙不迭地吐出来,悻悻地把杏子摔到地上,羡慕地看着她们津津有味地消灭了一个又一个杏子。

努力从记忆中搜寻同学的模样,却再也找不出一丁点印象。破败不堪的房屋静默着,斑驳的墙壁上仍能看到以前石灰水粉刷的革命语录的痕迹,两扇对开的门扉紧锁着。

绕过房屋,向村庄深入走去。细碎的沙石路边,一个小池塘,绿绿的浮萍漂满了整个水面,一位头发花白的老奶奶正在捞浮萍,边上的一个大竹筐已装了半筐浮萍。我停下脚步,微笑着看老人家手握长长的竹竿,时左时右地挥动胳膊,仿佛看到年少的自己在池塘边、稻田里捞浮萍的瘦小身影。

"姑娘,你是外来的吧?"老奶奶把捞上来的浮萍倒进竹筐,转脸笑着对我说。

"是啊,我还是孩子的时候来这里捡过粽叶,已经有二十多年没来过了。"

"嗯,是从来没见过你。"

"那片竹林怎么没有了?"

"2003年发大水,这个庄子被淹得差不多了,竹子泡在水里时间长了,水完全退下后就慢慢地死了,差不多全死光了。"

"哦,都二十多年了,这个庄子怎么没看到什么新房,连楼房都没有呢?"

"这里是淹没区,家家户户早登记过了,也好多年都不批建房了,只给翻盖旧房。听说上面在修蓄能发电站,以后水库蓄水,这里可能要全部被淹了。"

"怪不得呢。那原来住这庄里的人都走得差不多了吗?"

"大半都搬走了,有的进城了,有的到街上去了,就是还有老房子在这里的人家,也很少有回来的。没搬走的人家,年轻力壮的也都出去干活了,就老人和孩子在家。有的农忙回来,大部分回不来的,就让在家的人忙忙或干脆把田丢给别人种了。"

"哦,这么说的话,这个庄子若干年后可能就不存在了。"

"是吧。"老奶奶随后深深地叹了一口气。

"让我来帮您捞会吧,我有好多年没捞过浮萍了,小时候倒是经常捞回家喂鸭子。"

老奶奶笑着递过长竹竿,边看我捞浮萍,边问我从哪里来,做什么工作等等。我一一如实地回答了她。

临走的时候,老奶奶热情地说:"姑娘,一看你就是个好人,就我一个人在家,你不嫌弃的话就在我家吃个饭再走吧。"

我婉谢了她的好意。

经过一处浓荫小径,高大的桑树挂满层层叠叠红红紫紫的果实,尚有点潮湿的泥地上掉落了一层桑果。我踮起脚摘了一把桑果,紫红色的汁液沾满指尖,放入口中慢慢品尝,浓浓的甜蜜沁入心脾。

走过了整个村庄,也没见到几个人。有些房子只剩下残垣断壁孤零零地站立在夕阳的余晖中,几处成色较新的房屋门大都紧锁着,色彩斑斓的月季、玫瑰、大丽花盛开在房前屋后,冬青、雪松、铁树、杨树随处可见,甚至还有几棵老槐树,我有点惋惜自己错过了槐花盛开。

"槐林五月漾琼花,郁郁芬芳醉万家,春水碧波飘落处,浮香一路到天涯。"吟着这样的诗句,仿佛觉得沉淀在记忆深处的那一串串洁白的槐花,那弥漫在空气中的淡淡的素雅清香缓缓地绽放飘散开来。

默然冥想间,猛地不知从哪儿窜出来一条矮壮的黑狗,伸长了脖子,狂吠着向我靠近。我吓得不轻,忙从地上捡起一根棍子,胡乱挥动着,大声叫着:"去,去!走开,走开!"

一位手里还拿着毛巾的老大爷从路另一边的屋里跑了出来："大黑，瞎叫唤什么，给我回来！回来！"大黑回头看看老大爷，又看看我，如此反复几次才在老大爷的召唤中极不情愿地摇头摆尾慢慢地转身离去。

出了村庄，沿着当年曾踏歌而行的蜿蜒的田间小路向公路走去。路边三三两两的人或弯腰挥镰收割小麦，或蹲在地头揉搓着油菜子，大半田地已收获完毕。

回望马厂，这个三面环水的村庄在渐起的暮色中越来越模糊。终有一天，它将静静地消失在水中，成为一个过往的符号，成为曾生于长于这个村庄，曾来过这个村庄的人们心中的记忆，并将随着生命的消逝而彻底地湮灭于历史的风尘之中。

（五）沉寂的稻场

零星的灯光开始闪烁。离家还有二百米远的时候，我一转念拐上了公路边的稻场（在家乡口语中，"场"被读成第二声；稻场，水稻、麦子等收割后运到这里脱粒）。

往年这个时节，稻场最为热闹。人们安排好先后次序，然后相互帮着把一家家的麦子轮流着铺上去。老牛牵着石磙子一圈又一圈的转着，人们跟在后面用铁叉不停地翻，前后翻三次，麦粒也就差不多全落下来了。然后把麦秸叉起来堆成垛儿，把麦粒就着风扬干净堆到一边，另一家便接着铺上麦子套上老牛挂好石磙接着打场。

稻场通常是要在收割前一个月就开始做的。先用锄头把表层土锄个遍，这样，一来除掉了杂草，二来顺便把大的石块儿拣出来扔掉。锄好后晒上几天，再用细铁耙子划拉掉晒蔫了的杂草，敲碎大的土块，细细匀匀的划几遍后浇上水。这水得浇透浇匀，晾个半天一夜的就用老牛拉着石磙子碾压平整，然后再浇水再用石磙子压，如此反复几次。这样做出来的稻场才会平整结实，不会起地皮壳儿，打到麦子或稻子里的灰尘就会少些。

记得 1986 年午收时，父亲刚能勉强拄着双拐走路，我所在的高中放了芒假。我回到家和母亲一起先锄好稻场。到浇水那天，在城里工作的叔叔也来家了，我抢过扁担，让他浇场，我来挑水。水塘在

作者的父亲在劳动（摄于1992年）

稻场附近，有个长长的上坡，我一共挑了二十多担水。叔叔要换我，倔强的我没有同意，硬是咬着牙儿坚持到最后，肩膀磨红肿了也没吭一声。第二天天一亮，母亲、叔叔去割麦子，我留在家里放牛喂猪，并煮好稀饭买了油条送到了田里。在回家的路上，我感觉心里特别难受，身上直冒虚汗。坚持到家里后，我就翻江倒海般地呕吐起来。

整个芒假期间，我是拼命地干活，一点也不知道怜惜自己。回到学校上课时，老师看我脸色不好又昏昏欲睡的样子，便问我怎么了。我说可能是没休息好。老师便让我回寝室休息。刚到了寝室，我又是一番剧烈呕吐。那一次真的是累狠了，父亲没出事前，我从未像那样辛苦过。

起过场的麦子堆放到一边，麦垛通常会堆放在稻场边角儿。晚上，大人们会先回家吃饭，我们留下看场。这时候的稻场便是孩子们的天下，我们会大声吼着跑调的歌儿，会把翻跟头、竖蜻蜓、斗鸡、摔跤、捉迷藏等把戏玩个遍。最经常玩的便是捉迷藏，孩子们分成两伙。一声开始，捉的人站在原地捂着眼睛，藏的人便四散开去。稻场上最好的掩体当然就是那些草垛儿了。有的藏在草垛后面，有的使出吃奶劲儿把草垛扯出个洞来钻进去再用草堵上洞口躲在里面大气不敢出。藏好后，捉的人便开始满稻场挨着草垛找人。

吃过晚饭的大人们回到稻场后会挂上马灯或就着月光继续用石碌子压几圈麦子,以便第二天天一亮就可以翻场起场。做完所有事情后,劳累一天的人们聚到一块边抽着廉价的香烟边聊会儿收成或家长里短什么的,然后回到各家的谷堆旁睡去。男孩子可以留在稻场上过夜,而女孩子通常都会被赶回家去,虽然我曾经恳求过但也从未获准在稻场上过夜。

　　稻场的周围是大片的农田,收割过庄稼的土地裸露着,看上去有些荒凉,但这样的萧瑟持续不了多久,便会开始另一个耕耘、播种、等待、收获的轮回。

　　后来,公路拓宽,老牛渐少,人们便把收割下来的稻麦直接铺到公路上,借助于来往的车辆碾压,省却了做稻场的麻烦,即便上面不断派人下去检查也无法彻底杜绝在公路上打场的现象。

　　再后来,收割机直接开到田里,更省却了刀割肩挑的麻烦,粮食直接装进袋子里就地卖掉或拉运回家。

　　如今,耕田耙地、栽种看管这些活儿不用自己动手,出些钱就可以搞定,种田是越来越省心,成本却也越来越高。

　　走在稻场上,坑洼不平的地面,再也找不到往日平整踏实的感觉。丛生的杂草,深浅不一的车辙弯曲交叠,当年的石碌子一个也不见了,稻场的西半边堆满了牛粪,有的已经风干,是准备做肥料还是当燃料,我不得而知。

　　稻场的沉寂让我感觉那么陌生,童年的笑声更是遥远得恍如隔世。远处,几堆红色的火焰伴随着黑色的烟柱熊熊燃烧,是在燃烧油菜麦子的秸秆吧。以前,秸秆曾是农家烧锅做饭或编织草垫的必备品,现在已很少有人用,大多就地焚烧做田地的肥料了。

　　曾经张扬着收获的喜悦的稻场在岁月的车辙后仅留下空旷与苍凉,在厚重的暮霭中铺陈着寂寞与孤独的忧伤。

　　　　　　　　　　　　(2007年5月初稿,2010年11月4日完稿于来安)

一张老照片

在我的数本影集中，有一张已经保存了三十多年的照片。略微泛黄的相纸上，一个可爱的小女孩睁着好奇的眼睛看着前方。这是年幼的我留下的唯一一张照片，看过的人们都会说一点都不像我。呵呵，女大十八变嘛，我总是这样自我解嘲。

面对这张照片，一些被岁月尘封的往事也总会随之浮现于眼前。

据妈妈描述，我满八个月时，正值深秋，为了给我拍纪念照，她给我套上外婆早做好的崭新花棉衣，围上新买的花护衣，穿上小花布鞋，用橡皮筋在头顶扎上两个翘向天的"刷锅把"。

将我打扮好后，身材矮小的妈妈便骄傲地抱着我走在长长的老街上，走在那座有三百多年历史的木桥上，每每遇到熟人，都要停下来笑着打招呼，唠叨上几句。那些熟人有的会边拍拍我的小脑瓜子或捏捏我的小脸蛋，边说："多可爱的小丫头！长大一定是个漂亮姑娘！"我也不认生，对伸过来的或粗糙或柔软的手一概不躲闪，不哭闹，或微笑或睁着晶亮的眼睛盯住人家看，还伸手要人家抱抱。

妈妈抱着像个厚重棉坨坨的我一路笑呵呵地进了那家离桥头很近的照相馆。那时候拍的多是黑白照片，彩色照片很少。即便有拍彩照的，色彩并不自然，但很新潮，价格也要比黑白照片贵些。妈妈看了又看墙上桌上的样片，最终决定给我拍彩照。

作者八个月纪念照

师傅摆好了照相机支架,和妈妈一起把我放到专门给小宝宝拍照的高高的带围栏的椅子里。第一次坐那样高的椅子,我紧张得用小手死死抓住围栏不肯松开。安顿我坐好后,师傅让妈妈拿摇铃站在他身后逗我往相机方向看。咔嚓,咔嚓,拍了两张。师傅说会拣效果好的冲洗。妈妈连声道谢,抱我走时还不住地叮咛:"到时别给人拿错了。"师傅忙不迭地回答:"放心好了,不会的,不会的。"

结果,我的照片还是被别人捷足先登当作自家宝贝的照片给拿走了。妈妈一看到师傅递给她的照片就说:"这不是我家闺女的,是人家的。"师傅说:"不会吧?就两家来拍这么大孩子的照片,那家人来拿时我记不清,都拿出来给看的,他们说那是她家的,我当时还叫别拿错呢。"妈妈急了:"我家闺女,我怎么可能认错呢!"师傅也不知道那家人住哪姓啥名谁,只得又重新帮我们拍了这张黑白的。

照片上的我很可爱吧。而我每对着这张照片,总会不自觉地感叹,小时候的我这么漂亮,长大后竟然成了个丑八怪,整个就是白天鹅变丑小鸭的活版本!拿错相片的那家人可能一辈子都不会想到珍藏的照片会是别家女孩!

小时候白净可爱的我差点被抱给二姨。二姨比我妈妈小一岁,是位赤脚医生,生过一个男孩,五个月大时好端端的一觉就睡没了。人们据此说她是"秤砣胎",一辈子注定只能生一个孩子的。吃过很多药也没能再怀上孩子的二姨决定抱养一个孩子。于是,二姨看中了我。爸爸妈妈和太太等长辈都同意了把我抱给二姨,唯独还在上学的叔叔嘟囔了一句:

"道琼是老大,怎么能抱给人家呢,要抱就抱红梅吧。"

红梅是我妹妹,小时候长得黑瘦黑瘦的,经常生病。二姨说:"红梅太黑了,没道琼好看,我不要。"再有弟弟们时,二姨又想抱大弟。其他人都同意了,还是叔叔不太乐意。叔叔说:"就两个男孩子,大的抱走了,小的长大后不就没伴落单了嘛。"有些无奈的二姨只得改变主意去抱三姨家的孩子。

知书达理、聪慧善良的二姨最终抱养了三姨家的二女儿,过了几年平静而幸福的生活。后来,二姨却被一场疾病夺去了年仅三十四岁的生命。在二姨病逝两年后,原本生性厚道的二姨父拗不过他守寡多年的母亲的强硬主张又娶了妻子。这位泼辣蛮横的二房(方言,第二位妻子)经常找茬儿和二姨父吵嘴打架,对三姨的女儿也不好。三姨听说后跑到二姨父家硬是把女儿给要了回去。走时,已和孩子有很深感情的二姨父流泪了,连声说对不起二姨,对不起三姨。

记忆中的二姨很美丽、很温柔、很喜欢孩子。二姨的早逝成为亲人们心中永远的痛。妈妈每看到二姨的照片总是很伤感地说:"要不是你姥爷(方言,叔叔)打当(方言,阻止),你就给二姨抱去了,二姨真抱了你去不知道会怎么样呢,也许不会走得那么早。"每每此时,我的心里总会弥漫着说不清是庆幸还是心酸的感觉。我真的无法想象,如果当年我被抱给了二姨,那又会是怎样的一种人生?

出乎二姨和所有人的意料,长大后的妹妹反倒是比我漂亮许多,几乎遗传了爸爸妈妈所有的优点。妹妹看过我这张小时候特别像她的照片,不止一次地向妈妈抗议:"肯定记错了,拍的是我,不是姐。"好在妈妈没得健忘症,坚持说:"是道琼的,小时候就道琼一个拍过照片的,我记得很清楚,哪里会弄错!女大十八变啊,没想到道琼会变化这么大,越长越变,一点都不像她小时候了。"

妹妹开始是愤愤不平,继而就取笑我变成了个丑八怪。我既郁闷又有点窃喜。这老大倒也有好处呢，还能享受到照相的殊荣，姐弟四个，唯独我有一张幼年时的照片。

每每翻看这张老照片，心绪总会随之涌动，时喜时悲。有一种生活没有经历过就不知道其中的艰辛，有一种艰辛没有体会过就不知道其中的快乐，有一种快乐没有拥有过就不知道其中的纯粹。现今的我们，有时走得太匆忙，来不及回顾，来不及整理，便在岁月的冲刷下选择了遗忘；有时活得太混沌，来不及回味，来不及领悟，便在终日的忙碌中选择了忽视。直到有一天，我们真正静下心来沉淀和反思的时候，才会发现，曾经被遗忘的许多珍贵瞬间往往是我们人生中最珍贵的片刻，曾经被我们搁浅和尘封的记忆是我们一生中最难以释怀的情结。

瞬间虽短，记忆永恒！

（2007年9月19日于来安）

乡村知遇

2000年底,我被调到县城南部的一个办事处工作,在那里没有一个认识的人。以前从未在村组蹲点过的我和其他领导班子成员一样被分派下去,每人包一个村。村里的计划生育、农业税征收、抗旱防涝、修路造林等大小事情一桩连着一桩,桩桩相错。你能想象出一个平素只喜欢与书籍文字为伴,大多时间坐办公室,缺少农村工作经验的我将要突然独自面对这一切时是怎样的迷茫懵懂吗?更何况还有一些心怀妒忌的同事在等着看我的笑话。

所幸,我遇到了他——一位比我父亲小不了几岁的蹲点村村干部。在后来的相处中,在私人场合,我更愿意称他为老大哥。

老大哥,五十多岁,一个普通的退伍军人,一个平常的草根农民,一个最基层的村党支部书记。在第一次见面的冬训班分组会上,他便像老朋友般对我说:"不要紧的,有我们这一帮老家伙呢,做农村工作要有耐心,是急不来的,慢慢地,你就会适应了。"

这个村里一共有十三个村民组。在短短的两年时间里,老大哥和他手下的老兵们陪着我几乎跑遍了每户人家。哪家交不起农业税,哪个村民组吃水困难,哪家孩子上不起学,哪个村民组有"难缠户"都了然于心。正因为有了老大哥他们的支持和帮助,我很快理清头绪,打开了工作局面。我常常和他们一起走村串户连天加夜地征收农业税,一起上渠道整沟清淤,一项项工作任务总能率先完成。在我们的努力下,村民因为新建的两口机井不用再跑很远的路担水,辍学的孩子因为有了爱心人士的捐款不再愁眉苦脸,没有儿女的老人因为有了"五保"不再唉声叹气,因为远近闻名的"难缠户"被依法起诉,征收农业税时不再有村民坐等观望推诿拖延。

2002年下半年,我了解到有个外商想来本市投资承包荒山荒地。如果谈成了,不仅可以使村里大片的抛荒土地得到流转利用,偿还掉村里背负的近二十万元债务,还可以办些修路铺桥等公益事业。老大哥和我的想法如出一辙,要争取抓住这个难得的机遇。几经周折,我们找到了投资方,带着他们到村里看了几天,并就一些事项进行了初步商谈。投资方提出,至少要一千亩土地,必须在十月底前落实,国家给的退耕还林补偿款可以归村里所有。草签了协议后,很多人不理解也不相信能成功。

那几个月里,我和老大哥他们挨组挨户宣传动员,白天连着晚上开会,帮助各村民组处理土地重新调整中出现的问题和矛盾,还得经常面对同事和村民们的嘲讽、谣言和各种质疑。为了能在约定期限内落实土地面积,我们常常头顶烈日丈量每一片山场、每一块田地。其他村民的庄稼收割完了,几个村组干部家只有老婆孩子忙,家人理解的还能支持工作,不理解的,累了一天半夜回到家后,家人还会和他们吵得不可开交,甚至摔盆砸碗。有的村组干部开始泄气、动摇甚至怀疑做的到底对不对值不值,我和老大哥只有轮番劝说鼓劲。

十月底,投资方来看现场,请专业人员核查了土地面积,很满意地签订了合同并给付了当年的土地承包款。疲惫至极、晒得黑瘦一圈的老大哥和我终于长长地舒了口气。

同年年底,在机遇偶然降临时,我在老大哥的帮助下,结束了三地奔波的无奈,在别人惊讶的目光中,没有花费什么时间和精力就调回了城里。告别那个已深深刻印在心里的村庄时,告别老大哥和他的老兵们时,我情不自禁地流泪了。在乡村工作多年,而和老大哥在一起的短短两年时间所经历的人与事,所累积的人生阅历与实践经验却是最为丰富多彩的,足够我借鉴一生,回味一生。

在知道我的父亲突遇车祸去世后,老大哥和老嫂子没有告诉我便用自家地里种出来的雪白棉花打了两床棉被送给了我的母亲。我听后一时哽咽得说不出话来。对于他们,我根本无法回报,更给予不了什么。对于正沉浸于失亲之痛中的我和家人,在那个寒冷的冬天,他们所送来的又何止是两床棉被的温度?

离开那片土地已四年多了。老大哥告诉我,村里的债务已全部还清了。某村民组那条拖延多年未修而遗留下很多问题、长长的一下雨就寸步难行的黄泥巴路已拓宽铺成了沙石路。修路的时候,好多在外地打工的村里人赶了回来,男女老少一起上阵,没花大家一分钱,更没请一个外人就干好了。年底村里还能给困难户们送点东西。

四年多了,常常会在梦中回到那个村庄,行走在那条条不再弯曲泥泞的村道上,徜徉于那片片遮蔽满山黄土的杨树林中。工作闲暇的间隙总想拨通那些熟悉的电话号码,聆听那些熟悉的乡音和那片土地上的佳讯。

(2007年7月于来安)

从网上到网下的距离有多远？

从网上到网下的距离有多远？可能很近，可能很远，更可能会是擦肩而过的陌路。

叶枚从八年前就开始接触网络，但也仅限于浏览新闻、文学网站，查找资料。在一次偶然的聊天中，叶枚知道了西陆社区，并受邀在某BBS上做过几个月的版主。在那里，一个有着严重"自恋"情结的家伙挑起了几场文字口水战，叶枚不堪网络的污杂辞别了论坛，之后再没上任何论坛注册过。

来到这座偏远闭塞的小城十多年了，爱好文学的叶枚在现实生活中没有一个文友，有的只是报刊上几个算得上眼熟的名字。即便与领导或同事，叶枚也刻意保持着一定的距离。

认识肖文是在年初。那天做完了工作，叶枚在网上闲逛，点开小城论坛，走进"情感天地"版块。在一篇散文后面的链接文章里，叶枚看到了肖文的真实姓名。肖文的文字，叶枚早已熟悉。叶枚没想到会在论坛上遇到肖文，暗自高兴，便注册个ID发了站内信：原来你就是肖文啊！

肖文看到叶枚的站内信后当即做了回复，并留下自己的联系电话。

叶枚向来喜欢距离。如果说距离是一条河的话，她只想静静地站在河边欣赏对岸的风景，即便不远处有座桥，她也不想走过去，她不想因为走得太近,看得太真实而破坏了想象中的美好。肖文到底是一个什么样的人,她并不想知道。第二天登录上去的叶枚没有再回复也没有拨打肖文的电话。

几天后再上论坛,叶枚竟登录不了。难道是身为版主的肖文把她的 ID 给删除了?叶枚有些郁闷,一种不吐不快的感觉,促使她又重新注册了相同的 ID,发了个颇有火药味的站内信给肖文。肖文震惊之余颇感委屈,又重新给她留了电话。看站内信老是回复不成功,叶枚只好拨通了肖文的电话。肖文说不是他删除的,他也问过网站管理员,不知道怎么回事儿。后来肖文打过几次电话来,叶枚不是说有事儿挂掉就是拒绝接听。叶枚告诉肖文,我喜欢距离,有空时发发短信就可以了。习惯了独处的叶枚不想让网上认识的人走入现实生活中。面对肖文所表现出来的执着与好奇,她不止一次地说,不要有太强的好奇心,留些空间留些想象或许会更好!

叶枚的婉拒更激发了肖文的好奇心。肖文最终通过一篇网贴查找到叶枚的真实姓名,并继而打听到了叶枚的工作单位。叶枚对此有些感动,也有些无奈,原本只想保持在网上或远距离交往的朋友最终走下了网络。这会是什么样的结局?

肖文没有听从劝阻,最终在一个冬日的下午走进了叶枚的办公室。为了不让第一次见面的肖文感到难堪,叶枚没有像往常那样沉默,而是主动寻找话题尽可能的不出现冷场。叶枚充满自信的笑容,适时变换的谈话主题让稍显紧张的肖文感觉轻松许多。

一个多小时不知不觉就过去了,肖文有些恋恋不舍地告别。

在回去的路上,肖文发短信告诉叶枚,我是鼓足勇气去见你的。遇到你,我真的很开心!见了你,更让我决定要好好珍惜!以后有时间请你喝咖啡唱歌,只为你一个人唱!

叶枚有一种不安的直觉,不知道为什么,这种直觉向来没有错过。她平静的回复,谢谢!做简单纯粹的朋友最好!你的热情最终可能会伤害你自己!

肖文有些不以为然,真的会吗?那就走着瞧吧。

自从见过面后,肖文几乎每天都要打电话给叶枚,并发些想她了,梦见她了,为她而失眠之类的短信。面对那样的短信,叶枚从不做正面回应,只是再三提醒,她向来不喜欢暧昧,更不需要暧昧,请他把握好分寸,把握好距离,否则可能会连朋友都做不成。

叶枚说,我是一块拒绝融化的冰,早已习惯了冰冷的感觉。肖文则答,已经是春天了,我就不相信融化不了你。

叶枚说,我是一只喜欢独自在暗夜里行走的猫,别靠近我,否则会抓伤你。肖文则回,不管什么样的猫,我都不怕抓的。

在那些日子里,肖文像一个初恋的大男孩一样,每天听不到叶枚的声音或看不到叶枚,就像丢了魂魄一样坐卧不安;只有听到了、看到了才能安宁下来。叶枚保持着一贯的理性,多次暗示肖文,你以为你还是十八九岁吗?你以为你还没有结婚吗?做单纯的最好的朋友不好吗?你老是这样子,我该怎么做才好?

在叶枚的心里,肖文一直是一个可以信赖无须顾忌太多的好朋友。肖文有些不拘小节,一向崇尚追求完美的叶枚会毫不隐讳地指出来,希望他能够改掉。而肖文却总是感觉叶枚孤芳自赏,有些看不起他,两人为此还争吵过。

五一长假,叶枚去了外地。肖文已好几天未听到叶枚的声音。半夜失眠的肖文连续发好几条短信给叶枚:我真的希望自己沉醉,这样就不会去想那么多了。刚才又出去走了走,有种揪心的思念啊,仰望团栾的圆月居然感到凄凉和无助,一支烟燃尽了,可渺渺的烟霭不散。这个夜看来很漫长,我怎么去打发呢?就用浓郁的思念作熬,绵绵无尽头。也许你不会在意,也许你无所谓,可这种感受已根植于心了。你不用说我,我坚定,我沉实,我无悔,我愿意。也许会慢慢习惯寂寞,也许会时时冀望心悦。害怕听你的"与我无关,那是你的事",说不说是我的事,听不听是你的事,这内心的真实你懂!

肖文内心的真实,曾经沧海身心俱疲的叶枚怎么会不懂得呢?可她又能怎么样?爱情在她的心里早已枯萎,她不再相信爱情。她的生命中只剩下亲情和友情,她再也没有力量去爱任何人,更不会接受违背道德的婚外恋情。肖文是她在这个小城十多年来认识的第一个文友,与自己在为人处世、品性上有不少共同之处,她真的不想失去这唯一的朋友。她不想看到肖文沉陷进去,不想看到肖文最终被伤害,尽管她从来不想伤害任何人。

虽然叶枚经常会以半开玩笑的方式拒绝肖文去看她,但肖文还是克制不了见面的渴望,每周至少要去叶枚的办公室一两次。受过流言之伤的叶枚那天再次听同事说起曾经工作过的单位还在传播着关于她的流言。连手都没有碰过、能谈得来的同事关系,被无聊者、妒忌者演绎成时间地点剧情俱全的绯闻,叶枚委实震惊了。她只想平静地生活,只想简单地生活,为什么连这个都不能够?她不能想象如此频繁来看她的肖文在人们眼中又会成为什么样子,她和肖文的关系又会被演绎成什么样的版本。尽管"走自己的路,让别人说去吧"一直是她的座右铭,但在这充满诋毁与喧污的小城之中,孤独无依的她除了回避能回避的,逃避能逃避的,还能怎么样?她生来是一个传统的女人,向来洁身自好,从来不想被别人说三道四。

叶枚差不多是请求肖文不要再那样经常来看她,差不多是请求肖文如果尊重她的感受的话就不要再说那些暧昧的话语,否则她真的会转身而去。

不再能够经常去看叶枚,肖文内心里有着说不出的无奈和伤感。两周后,刚从乡下回来的肖文终于见到了叶枚。叶枚看着明显憔悴的肖文,心里有种说不出的歉疚和酸楚,但依然保持着不冷不热的态度。肖文仍然每天要打好几个电话给叶枚,仍然坚持说那些叶枚说过无数次不想听到的心里话。

那天,肖文又如往常一样打电话给叶枚,刚说完每次必说的一句话后,叶枚说,你就这么无聊吗?没事我就挂了。

电话那端传来肖文痛楚低沉的声音,那你——挂吧。

叶枚没再说一句话,兀自按下结束键。

灼热的阳光炙烤着大地,狭窄的水泥路上泛溢着刺目的白光,让人晕眩,让人分不清东西南北。几只高低不同音调的蝉儿在路旁杨树上声嘶力竭地鼓噪着夏日的烦躁与无奈。

肖文,我从来不想伤害你的,以这样的方式,转过身去,或许是最好的结局。叶枚换过拿着手机的手,苍白而纤弱的指肚上,暗红色的印迹在细密的汗水的浸渍下渐渐淡化。

从网上到网下的距离有多远?

可能很近,可能很远,更可能会是擦肩而过的陌路。

(2007年7月22日于来安)

一位来安媳妇眼中的变迁

"请问到县政府招待所的公交车在哪里坐？"

"呵呵，我们这里没有公交车的。"

"啊？一个县城竟然没有公交车！"

"现在没有了，好像以前有段时间是有过，没跑多长时间。"那位皮肤黑黑的中年男子仍满脸笑容，热情地给我指路，"去县招待所就沿这条路一直向前走，到前面第二个十字路口向东拐，走不远就能看到了。"

十六年过去了，我依然清楚地记得当年第一次踏上来安这片土地时的惊讶与失望。

灼热的阳光下，初来乍到摸不着北的我小心地穿过公路，走到汽车站对面，然后沿路边向北而行。参差不齐、新旧不一的楼房坐落在路面坑洼不平的公路两旁，一路上没有看到一幢超过七层的楼房。在县城的最中心地带——十字街口，牌匾上写着"土产公司""新华书店"等字样的店面竟然还是成排状的木制板门。县政府门前道路正在施工改造，新铺的水泥路面上盖着厚厚一层潮湿的稻草。不起眼的招待所招牌正对着县政府大门。

我以前也听说过来安是个穷地方，却没想到是这般落后。见到朋友，我的第一句话就是："来安竟然连公交车都没有，还算什么县城啊！"更没想到的是，差不多一年后，因为爱情，在短暂而艰难的抉择与努力下，我被

来安大英秧歌灯（摄于2013年2月）

改派到来安，随后被分配到乡镇工作。

转眼十多年过去了，岁月的流逝，让我从一个青涩的女大学生成为来安的媳妇、孩子的母亲，成为单位的工作骨干、副科级干部。而来安，也逐渐从一个以农业为主的落后小县城，发展为一个工农并重、商贸繁荣的新兴旅游城市。作为一个来自外地的来安媳妇，我亲眼目睹了她近年来的巨大变化。

十多年来，我的工作从北部山区转到南部圩区，从乡镇转到县直机关，而来安在行政区划上也先后经过两次调整，从初来时的27个乡镇，到18个，然后到现在的12个。而我所工作过的前两个乡都已被撤并，成为仅存在于我工作简历中的地名，这不能不说是一种巧合。

初上班时，我的工资是每月180元，而当时工作所在地原大余郢乡农民人均年纯收入不足千元。2000年底，我调离大余郢时工资调整到每月500多元，而当地农民在"调整农业产业结构，大力发展'五早'生产"的政策引导下，人均年纯收入已突破2000元。2003年初，我离开水口镇时，工资调整到每月800多元，当地农民人均年纯收入近3000元。2008年，我的工资折上的数字变为每月2001元，而全县城镇在岗职工年平均收入20787元，农民人均年纯收入达到5327元。

1997年开始的企业改制，使原国有、集体所有企业先后完成资产重组,让原本亏损的企业重新焕发生命力,成为来安工业发展的支柱,同时一些自主创业的民营经济也开始逐步走入人们的视野。而自2003年开始的"招商引资、富民强县""东向发展"等战略目标的提出,以其磅礴之势掀开了来安快速发展的新篇章。县工业园区、汉河工业园区的成立与建设,成为展现、带动来安经济发展的主要窗口与平台。

几年未到来安来玩的姐妹们,在看到县工业园区平整宽阔的道路、洁净亮丽的路灯和错落有致的厂房时,连声说:"真没想到,短短几年来安变化这么大!"而我则会再加上一句:"来安是2007年度经济运行动态'十佳县'之一,她毗邻南京,又有104国道、宁洛高速通过,发展后劲还大着呢!"

说到毗邻南京,我不由得想起跑南京的来安客车。以前坐客车往返于来安——南京的人们对下关车站内停驻的车辆应该都有些印象:在所有客车中,就属来安客车最差、最破、最丑。说实在话,平时还比较自信的我一坐上那样的车,身为来安人的自卑感顿时就"嗖"地冒出来了。2008年,来安—南京专线终于换了大型豪华客车,而在来安县城,除了滁州-来安城际公交车,穿行大街小巷的出租车、马自达之外,又新增开3条公交专线。第一次到来安来的人们,再也不会像我当年一样惊讶或失望于一

个县城没有公交车,现在是想坐什么车就坐什么车,想到哪就到哪,不用再像我那样顶着烈日徒步从城南走到城北了。

记忆中,人们评价来安环境最常用的除了"脏、乱、差"之外,几乎没有赞美

来安杨郢风光(摄于2013年3月)

之词，而现在的来安已今非昔比。在农村，免除农业税、"村村通"工程及"新农村"建设、"新型农村合作医疗"等政策的贯彻实施，提高了农民收入，也改善了农村基础设施、居住环境和医疗卫生水平。而在来安县城，经过近几年的有效治理与规划建设，市容整洁，交通有序，高楼次第，多座花园式新型住宅小区成为城市的亮点。眼下正在大力推进实施中的城市南移、老城区改造、城市广场等项目的完成必将进一步改善人们的居住环境，提升城市形象。来安的休闲旅游场所，从以前的"城里一个北头公园、乡下一个烈士陵园"，到现在的白鹭岛国际生态旅游度假山庄的开发、开放，来安，以其巨大的变化、崭新的形象，让来安人深感自豪，也吸引着省内外更多的人关注来安、走进来安。

十多年来，来安的巨大变迁，是在遵循因地制宜、科学发展的道路上，汇聚了数十万人的智慧与努力的结果。相信在这片有着光荣革命传统的土地上，在所有来安人及远离家乡来这里创业的人们的共同努力下，来安的明天一定会更加富强，更加美好。

（2009年5月15日于来安）

严冬里的海航之旅

在一波蔓延全国的强冷空气即将来临之前,我应高中同窗翠的邀请陪她去广州考察一家工厂。

翠于一周前就通过114百事通订了合肥至广州的往返机票。经历了两个多小时长途客车的颠簸后,我们于中午到达合肥骆岗机场,踏进国内航班入口大厅,门厅不远处的两排椅子上已坐满了人,冷飕飕的风从不时被掀起的塑玻门帘吹进来,降低了室内暖气的温度。

我们所搭乘的海南航空公司HU7040航班,起飞时间是15:55。转遍了一楼大厅里的各个商柜和书吧后,我们才走进偏居一侧的茶室。坐在宽大柔软舒适的皮质长沙发上,弥漫一室的温暖和浓浓的茶香让我和翠自嘲,怎么像陈焕生进城似的,傻乎乎地在外面冰冷的大厅里逛荡那么久才想起来到茶室坐坐。

终于到了安检时间。过了安检门,前面的一位年轻男性旅客刚从传送带上拿下背包便被要求打开检查。看检查完他的背包,我忙递上自己的包,那胖乎乎的女检查员粗声粗气地说:"谁说要查你的包了。"

我愕然地看了看她,也懒得吭声,拎了包便上二楼。

刚到二楼的转角处,就听见女声中英文播报:"女士们,先生们,我们很抱歉地告诉您,飞往广州的海南航空公司HV7040航班因流量控制,将晚点到达,起飞时间待定。"

长叹一声。我和翠找了位子坐下，开始了不知道何时是终点的等待。

一小时后，又闻播报HV7040航班因机械故障，将晚点起飞，起飞时间待定。

两小时后，5号登机口的柜台前面已挤满了人。两个身着蓝色制服的美眉，一个身着绛红色制服的年轻帅哥站在柜台后不停地解释着。人群中，有的挥舞着手中的机票高声质问飞机什么时候起飞，有的焦急地说要赶时间有急事要求转签改航班。

百无聊赖的我凑到柜台前。那帅哥耐心地对怨声载道的旅客们说："机场已安排好晚餐，海航的机师已经带了机器零件搭载南航广州至合肥的0838来了，六点半左右就到合肥，到了以后就会维修，至于要维修到什么时候，能不能维修好我现在无法保证什么，但公司会尽量满足旅客的要求。"

从旅客和制服美眉的对话中得知，那帅哥是海航公司在合肥机场的代表，姓李。

李代表不停地打手机，询问本晚到广州的航班有无空位等。最终有8位旅客得以改签为七点多的航班。没能改签急着赶时间的旅客，有的拍着柜台，要求航空公司对此负责，要给个说法。有的仍不死心地拉着李代表的胳膊，要求改航班。我也忍不住凑了上去，为引起注意，用手拍着柜台说："我们已经定了返程机票，因为飞机延误事情办不完了怎么办？"李代表看了我一眼，没有当即回答，仍继续忙着打电话询问第二天飞往广州、深圳的航班空位情况。

"要改签航班的给他们开延误证明，要退票的免费全额退票。"李代表告诉机场美眉后便匆匆离去。

延误证明拿来了。要的人太多，个个都在催着快点给自己出证明。工作人员手写跟不上，便去打印了分发给旅客。

三小时后。李代表仍没有出现。焦躁不安的人群又骚动起来。有两名外国旅客也加入了讨伐的队伍。他们拦住先前在登机口忙碌的美眉："飞机修得怎么样了,耽误这么长时间却不见海航公司的人影子,让海航代表出来给个说法。"美眉手拿对讲机:"请告诉海航公司代表,让他有空就到候机室来。"围着的人们不愿意了,纷纷叫喊:"你这是怎么说话的?什么叫有空?让他立刻过来!让海航立刻来人给个说法!"

李代表仍在维修着的飞机上没有回来。机场工作人员拿来了民航总局关于航班延误处理相关规定的传真件。旅客们相互传阅着传真件,看过后纷纷说:"这文件有啥用,也没有明确补偿金额,等于废纸。"

四小时后。抱怨、愤怒的旅客越聚越多。又一位男性机场工作人员来到拥挤的人群中:"请大家谅解,是飞机机械出了故障,现正在维修,修好后就会起飞,海航代表在飞机上,一时还过不来。"人群开始沸腾咆哮:"都等这么长时间了,海航竟然没一个人出来给个说法,太不像话了。"有人振臂高呼:"是男人的,跟我一起去堵大门,看机场有没有负责人出来。"有人拿着手机或数码相机穿梭在周边拍摄,说要传到网上去。

李代表终于出现了。他的声音已嘶哑。面对愤怒的人群,他连声道着歉:"飞机已换上新零件,要试机,确定安全没问题后就会起飞。如果今晚走不了,食宿将全部由公司安排。已买了返程机票因延误要改签的,将全部免费改签。通过114订票的直接打114就可以了。"

听他说完这些,我忙返回到翠跟前,让她打114询问改签事宜。结果被114告之不可以改签,必须回原地退票。

五小时后。屏幕上的登机提示从5号登机口改为4号,没多久又从4号改为3号,但起飞时机仍是待定。

21:00。有人大喊:"快走啊,到3号登机口,可以上飞机了。"

我们赶忙起身拎了行李,进了3号登机口。我眯缝着眼睛看前面长长的队伍,李代表和一男一女机场工作人员站在柜台前,男的手里拿着一大沓百元钞票,女的查验登机牌。李代表说:"广州公司那边已安排了宾馆,食宿免费,晚上要去市里的将由机场派车送达。要改签返程机票的到机场后找海航公司人员就可以了。"

拿了延机补偿金转身准备走的我忙对李代表说:"我们的往返机票是通过114订的,已经打过114,说不可以改签,要回原订票地方退票。"

李代表问:"是在合肥订票的吗?"

翠在一边答:"滁州,是我订的。"

"把你的手机号码给我吧,现在太晚了,打114没用,到广州后明天打我电话,我帮你们办理。"

漫长等待后的郁闷与不满在此时此刻已转化为感动。谢过李代表,走出登机口。不知道从什么时候开始,外面的天空已飘下淅淅沥沥的冷雨。

21:30。飞机开始缓缓地滑行在跑道上,随后伴随着巨大的轰鸣声冲向夜空。

地面上的光亮渐渐地远去、消逝,唯有机翼上的灯光在黑暗寂静的苍穹中闪烁。

夜里十一点多到达广州机场。走出机舱门,暖暖的热气迎面而来,混沌欲睡的倦意顿时全消。

第二天上午。在去工厂的路上,翠打了李代表的电话。因离开宾馆时把返程机票丢在客房里,记不得票号,便告诉了李代表订票人姓名、航班时间及改签时间。没多久,李代表打来电话说,查不到订票人,得告诉他订票人的身份证号码。

中午。翠打电话问改签办得如何。李代表说,原订的返程机票不是海航航班,正在联系那家航空公司改签成海航航班,并向公司申请三折票。

下午,李代表打来电话,说已申请到16日中午海航广州至合肥三折机票,尽快到最近的地方出票,并提醒联系原订票的114把座位退掉,返回合肥后再联系他拿航班延误证明。

强冷空气已席卷中国南北,多省多地出现暴雪天气。十二月的广州,亦迎来了历史上少有的零度以下的低温。和翠行走在呼啸的冷风中,内心却因海航李代表细心周到的服务而感到些许温暖。

16日12:55,海航HV7039航班准点从白云机场起飞。

飞机穿行在如雪的云海之中,伸手去触摸偶尔投射进狭小窗口的灿烂阳光,蓦然想起朋友生日卡上的诗句:"你手心的温度,一如初冬的暖阳。"

14:40,飞机降落在合肥骆岗机场。翠说:"下了飞机不能忘了要打李代表电话拿延误证明。"

随着下机的人流缓缓地走向舱门,却见李代表站在空姐旁边,手里拿着一张纸。看到我们后,他微笑着挥手。到了跟前,他便递过手中那张纸,是航班延误证明。

真的没有想到李代表会到飞机上来等着我们。被感动的,我们一时不知道说什么才好,除了感谢还是感谢。

这个冬天,据说是百年来最为寒冷的一个冬天。

在这个最冷的严冬里,疲惫的心灵却因为海航之旅而多了些亮色和温暖。

(2010年12月16日于滁州)

抓 猫 记

那只纯白的小猫让我和儿子终于深刻领悟了什么才算真正的"躲猫猫"……

——题记

序曲。自在老护城河边有了自己的房子以来，面对日益污浊的河水，我越发觉得当年选择毗河而居实在是最大的失策，常常怀疑三十年前那清澈见底、鱼虾随处可见的美丽护城河是不是真的存在过。

除了黑臭的河水，这里还是蚊子、苍蝇的天堂。老家的蚊子早已销声匿迹了，而这里的蚊子至少要猖獗到十一月，被它们眷顾过的皮肤，没有不当即鼓起或大或小的红包包的，奇痒难耐之下，我只顾狠劲抓挠，也不管会不会留下疤痕。个头比毛豆还大的绿头苍蝇在春天的脚步远去之后便会奏起嗡嗡乐曲，直到冬至方休。

比起蚊子、苍蝇，更让我深恶痛绝的是那赶不尽杀不绝一年四季常来常往的老鼠。家中挨近地面的门、橱柜几乎无一完好。鼠药、鼠夹、鼠笼，能用的都用了也无法拒鼠于家之外。

从不喜欢养小动物的我只好寄希望于老鼠的天敌——猫。虽听人戏说现在的猫多被宠得不捉老鼠了，但我心想再不好的猫还是能起到吓唬老鼠的作用吧。于是跟孩子爸嘀咕过几次，有机会从乡下抓只猫回来。

家里的老鼠窝和小鼠仔已经被端掉好几回了,可那乡下的猫一直没给抓回来。上个月去看望原蹲点村的支部书记——老大哥,恰巧他家养的那只纯白老猫当天生育了四只小白猫,我当即就预定了一只。

第一天。上周六,我抽空去老大哥家把猫抓了回来。猫是装在蛇皮口袋坐客车带回来的。一路上她安静得很,只听到叫过两声,心想这小猫还挺老实,不知道以后捉老鼠的本领如何。

到了家,也顾不上眼皮困得直打架,先松了袋子,提出小猫,她浑身白色的绒毛没有想象中的干净,再细看,身上竟然有好多跳蚤。我从小就惧怕这极小的善跳嗜血的寄生虫,不知道是不是因为血型的缘故,我每到乡下有跳蚤的地方,总能招惹一两个到身上来。可这次,面对那无数只寄生于这幼小身躯之上的跳蚤,想到那些比之更可恶千倍万倍的老鼠们,我的厌弃之心减消殆尽,很有耐心地重新操练起儿时勇掐跳蚤的技法。

小猫还挺配合,我翻来倒去地折腾她,她倒也不怎么叫唤。平生第一次抓猫喂养,不知道该如何给她做卫生。想想还是先给她洗洗澡吧。于是拎了她到水井边,倒些水到盆里,弄湿她的全身后打上肥皂,冲洗了近半个小时,虽然她不时地想从水里挣扎出来,但并没有表现出凶狠狡猾的习性。

洗好后,又用吹风机把她身上的绒毛大体吹干。虽然她的原主人提醒过我要把她拴几天,但我看着她那小小的身躯有些不忍心让她失去自由,便把她放在一个大塑料盆里就上班去了。

晚上下班回来,进家一看那大塑料盆成空的了,便问早我半个小时到家的儿子看到小猫没有。儿子说根本就没看到小猫的影子。再问他门开过没有。儿子说他四点多回来时曾开过门的。我楼上楼下找了个遍也没看到小猫的影子,便说,完了,中午花了那么长时间给她掐跳蚤、洗澡,算是白忙活了,可惜了。这下午又下那么大的雨,小猫在外面要淋出病,死了,就太可惜了。

我不住地责怪自己怎么不听她原主人的话给她拴上绳子。晚上在惴惴不安中睡去,半夜竟然听到两下小猫的叫声,好像在楼上。于是我便开灯,找了几圈也没看到小猫的影子,竟有些怀疑自己是不是做梦了。

第二天。儿子起床后就跑上楼告诉我,夜里听到小猫叫声了,还在家里。于是我们两个一起找,楼上楼下角角落落找遍,还是没找到,不管我和儿子怎么唤她,却再听不到她的声息。我和儿子不住的嘀咕,真是活见鬼了,就这么大地方,她能躲哪去呢!

当天晚上,我和儿子散步回来,进门一开灯,就看到那白色的小猫一楼墙角如飞一般顺楼梯向二楼而去。我和儿子赶紧关了门,跑上二楼,哪里还有她的影子。我们查遍了屋内各个角落也没发现她的踪迹,猜想可能躲到电视柜底的隔板下面了,便和儿子吃力地把电视机抬到另一张桌子上去,拉大柜子和墙之间的距离,然后趴到地上看,——哈哈,她果然躲在隔板下面呢。我和儿子人手一棍把她往外面赶,以便抓住她,结果她"�:溜"一下从我手边窜出去跑向阳台。

待我们转战到阳台,那一小团雪白的毛球正躲在墙角的杂物箱后面。儿子去抓,我断后,结果还是不敌她的迅捷,只见一道白色的影子逃回室内闪到沙发后面。

我和儿子围着沙发转了几圈子,甚至趴在地下看也没看到,又围着电视柜底看也没有。儿子说,没见下楼啊,这能躲哪去呢?儿子又趴地下挨着沙发底一点一点地挪动身子查看。

来回几趟,儿子直起身子低声说,妈,你看那隔板上面,好像有个白色的影子啊。我趴到地上从这头看到那头,哪里有啊,看不到啊。儿子便又趴在地上,从那头看到这头,妈,我看到了,那个小尾巴从隔板缝里漏出来了。儿子笑起来,妈,这哪里是猫啊,简直是"猫精"一个啊!她竟然能躲到那隔板上面去。

小猫幼小的身躯在狭窄的隔板上面游走自如,而我和儿子手伸不进,用棍子捣捅逼她出来也无任何效果。我和儿子只得一个负责先把沙发倒立起来,一个趴在地下看她会否从隔板上掉下来。

小猫下来了!儿子如释重负地叫起来。我赶紧弯腰去帮他,在小猫往外窜的时机,我左手一把抓住猫头,不想她竟张开嘴狠狠地咬了下去,我忙换了右手抓住她的身子,食指上已留下两个不算浅的牙印,不一会儿,便流出血来。忍着痛,我抓着猫儿奔下楼,冲到水龙头底下把手指往肥皂上来回抹擦,然后用其余手指挤压咬伤处,开大了自来水冲洗起来。

这下亏大了,一只老鼠还没抓呢,倒要花几百块钱去打狂犬疫苗。我有些懊恼地嘀咕着,让儿子赶快找绳子把她给拴住。儿子拴好后,用菜汤泡了些米饭放在她旁边。然后我和儿子去楼上房间。个把小时后,我下楼看竟又没有了小猫的影子,只有绳子孤独地静静地躺在地上。一声叹息,随她去了,再不想抓她,便自顾睡觉去了。

第三天。早上上班临走时,我提醒儿子出出进进要记得关门,小猫就不会跑出去。进办公室前先去了防疫站,花了近三百元,注射了狂犬疫苗的第一针。

晚上回到家,儿子高兴地告诉我小猫终于又被他给抓住了,关在鞋盒子里呢。我说,会不会给闷死啊?儿子指给我看,不会的,那上面有孔的。

临睡觉前,我放了食物和水到鞋盒子里,怕里面太黑小猫看不到吃的,便把鞋盒盖子往后端移动些,露出一寸多宽的缝隙,在儿子放的压盒子的东西上面又放了只鞋子。

第四天。早上起来下楼的第一眼就是看那鞋盒子。让我郁闷不堪的是那鞋盒盖已歪向一边,小猫又跑没影了。自然我又被儿子抱怨了一番。

下晚班回到家,一进门儿子就告诉我,这小猫太精明了,竟然像老鼠一样一见人就哧溜一下没影子了。我说,可能是第一天来被我放在水里洗那么长时间的澡整怕了。儿子笑,呵呵,是像得了恐惧症。

第五天。小猫依然是神龙不见首尾,只偶尔听到一两次她的叫声。

我和儿子再不想和她"躲猫猫"了，只好随了她去，人不在客厅的时候尽量都关着门以防止她跑出去弄丢了。

晚上独自在家吃饭时，一只老鼠又旁若无人地顺着墙角溜进了厨房。我看着老鼠窜来窜去，无可奈何地干瞪眼，忽听楼上传来小猫的啼叫，我忙"喵喵""喵喵"地唤起来，它再无动静。

出去散步回来，心想小猫会不会趁人不在家偷跑下来呢？于是我轻手轻脚地挪到冰箱前面，伸长脖子看冰箱后面——哈哈，小猫果真在那里呢，黑溜溜的眼睛直直地盯着我。假以时日，我想小猫会明了我们并不会伤害她，会适应这个新环境，会让那些可恶的老鼠随着她的到来、长大而从这个家里彻底的消失吧……

两月后。小猫已成为儿子的好伙伴，经常赖在儿子身上不愿下来。孩子爸曾看到她从卧室叼了一只老鼠出来，嘴角沾着鲜红的血。三个月后，小猫不知何故突然死去了，双眼圆睁静静地躺在纸盒子里。那天，我很是后悔——平时对她关注太少。儿子，很是悲伤——为她的突然离去沉默多时。孩子爸，很是冷静——将她掩埋于院中桂花树下。

心怀歉疚的我在小猫离去数日后打电话给老大哥，才得知小猫的妈妈不久前已莫名其妙地失踪了，再也没有回过家。

（2010年12月7日于来安）

手机里的那些号码

　　用了多年的手机，里面到底保存了多少号码？我一向没太在意，也没从头到尾查看过。

　　难得周末休息一天，斜靠在松软的沙发上，给外出和同学聚会的弟弟打完电话后，突然想看看手机里保存的那些号码。

　　按下"菜单"，进入"通讯录"，选择"姓名"，号码自动以拼音字母排序罗列，遂一个个地翻看下去。

　　江远，当这个名字出现时，我心头为之一震。两个多月前，听同学方林说江远已去世快一年，我非常吃惊。江远是我所知的第一位逝去的初中同学，记不清他的号码是什么时候保存的，记忆中从未联系过他，只在同学聚会时见过几次面。

　　陆续从方林那里得知，江远中专毕业后分配到单位上班，后来下海经商，做过房地产、开过工厂，曾一度是市直某些机关单位的座上宾。江远先后结过三次婚，辛苦打拼的巨额家产随着婚姻的一次次解体而被一次次分割，而无规律、无节制的生活如同慢性毒药侵蚀着他原本很健壮的身体。在生命的最后两年，身患多种疾病，屡被上门索债的江远突然杳无音讯。远在异乡的方林多次联系未果，终有一天忍不住赶回来抱着试试看的心理走进废弃已久的厂房，找到了濒临绝境的江远。

　　谈起江远，方林不无伤感地说，生命是短暂而脆弱的，生活经不起折腾，无论什么时候，要学会自制自律，在关键时刻把握住才能少些后悔和遗憾。

秋月如霜，某省著名作家。八年前，从不喜欢网络聊天的我偶尔闯进了网易聊天室，遇到了初涉网络的秋月如霜，并通过他结识了喜文善辩的凤儿。离开聊天室后，我们偶尔会在QQ上聊聊工作、文字，却从未在现实生活中见面。

想想已有一个多月没见秋月如霜上线了，不会出什么事吧。短信未见回复，便拨打号码，却只有移动语音提醒号码暂无法接通。试着上网"百度"，意外地发现秋月如霜竟被其属下网上举报贪污，当地党委回应检察机关已立案查处。

凝视书架上秋月如霜的著作，无法想象曾无数次在主席台上、电视上侃侃而谈的他失去人身自由，甚至可能受到法律严惩后会是怎样的一种心境？

自平，一位农家妇女，两个曾濒临失学的花季少女的母亲。三年前，从一位老同志的口中知道自平的艰辛和无助后，我从中牵线搭桥，一位民营企业家向她们伸出援助之手。在以后的接触中，我对这个苦难的家庭有了更多的了解。自平的父亲重男轻女，始终认为女孩是人家家的人，读书无用，硬是将刚读小学一年级的自平从学校拖回去做家务干农活。

早早嫁人的自平发誓再穷也要让自己的孩子读书，不能像她那样成为"睁眼瞎"。在她的坚持和叮咛下，两个女儿学习一直都很优秀。在大女儿上高一时，自平的丈夫突然被查出肝癌晚期，跑遍了医院，借遍了亲友，欠下了十几万元债务，她也没有同意女儿们退学的要求。丈夫最终撒手而去，她不想让女儿们中断学业，她不想让女儿们像她那样抱憾终生，瘦弱的她扛下了所有重负，在亲友的劝说下，硬逼着自己走出家门去寻求社会的帮助。

那位富有爱心的企业家允诺资助两个女孩直到高中毕业，如果考上大学，他将继续支持，并可以安排就业。长期愁容满面的自平娘仨终于重新绽放出灿烂的笑容。自平说,不能白用人家的钱,等女儿们工作了要把钱还给人家。后来,自平说她想到城里打工,顺便照应住校的女儿们。我又帮她联系了家工厂。做了一段时间,自平终因身体原因又回到了乡下。

调到新的单位后,繁忙的工作让我几乎无暇顾及其他。自平和她的女儿们还好吗?我拨通了号码。一个女孩的声音。我问,是自平的手机号码吗?她说,打错了。又试着问了些情况,她都一无所知。无限的惆怅在心底蔓延,这个号码对于我和自平来说都已成为过往。

二百多个号码中,有些是房子装修时保存的装潢公司、商家号码,有些号码只保存了姓、职务或单位、职业名称,有的还能想起来是谁,有的却已毫无印象。有些号码估计再联系的可能性不大,手指轻按,便被一个个删除了。

从某种意义上来说,被删除的不仅仅是那些号码,而是或甜美,或浑厚,或沧桑的声音,是或曾熟悉、或曾陌生、或曾有过短暂交汇、际遇的人们。我们自己的号码也会被别人保存,也终有一天会被删除。

手机里的那些号码在添加删除中无声无息地折射着我们人生旅途的取舍得失,闪现着我们工作、生活、情感的坐标与选择。有些号码深深刻印于心却不会保存,有些号码保存着却从未拨打,有些号码从不会冠以真实名姓,有些号码只在想起时、用到时才被翻找出来,有些号码看着就能感受到温暖和力量……

想起父亲。想起那个我送给父亲的手机连同手机里的那些号码永远地埋葬在远山的墓地里。

提醒自己,在奔波与忙碌的间隙,动动手指,打个电话,发个短信,传递心中的一份问候、一份牵挂、一份祝福。

想念你们。知道吗?你们的声音,你们的回复至少说明我们都还平安地活着,活在彼此的世界里……

（2011年10月1日于来安）

在山水画卷里穿行

——走进"美丽明光"采风印象

时值初冬,我有幸参加了滁州市文艺志愿者走进"美丽明光"采风活动。为期三天的采风之旅更恰似山水画卷里的穿行,让我深深地恋上了这个曾经有过辉煌与苦难,而今正全力以赴追逐美好"明光梦",大踏步跨越前进的皖东古城。

(一)寂寞老嘉山

虽然以前从未到过老嘉山,但老嘉山却是我早已熟悉的地名,那是缘于我曾经的同桌晓荣——一个土生土长的老嘉山女孩。

晓荣曾经告诉过我,老嘉山里面驻扎了很多部队,军人们时常走村串户帮助乡亲栽种收割,像家里人一样可亲可敬。一个年轻帅气的士兵常和战友到晓荣家帮忙,晓荣和他成为了无话不谈的朋友。有一天,他俩像平常一样坐在山边的草地上看书。晓荣,你闭上眼睛,我打一个字谜给你猜。晓荣闭上了眼睛。他轻轻地用手指在她的掌心一笔一画地边写边说,斜月伴三星,桥下来会友。晓荣猜不出是什么字,便央求他告诉谜底。他深情地望着她,我说了你可别生气啊。怎么会生气呢?你快点说吧！那我可说了啊，是大写的"爱"字——晓荣，我爱你！晓荣一下子愣住了，挣脱他的手，羞红着脸跑回了家。那以后，晓荣很少再去那片山地，虽然她曾不止一次远远地看见他徘徊的身影，曾不止一次差点与他面对面相遇，但她总是躲开去，尽管她很想再见他，很想说爱他……

我和晓荣已失去联系多年，但这个与爱有关的字谜，这个与老嘉山有关的故事始终无法忘记。那密林深处废弃的营房，那沉寂的训练场可曾见过那个士兵重归旧路寻访青春年少时的彷徨？

行走在老嘉山新近拓宽的山路上，冬日温暖的阳光穿透云层洒向笼罩着淡淡薄雾的连绵丘陵，高低错落的山体层林尽染，色彩斑斓，散落的湖泊，如同熠熠生辉的宝石点缀在群山之中。走进老嘉山，仿佛进入浓墨重彩的油画世界，虽然我无法从那些或红橙或黄绿相间的树态和色调的差异中分辨出哪棵是楸树，哪棵是黄连木，哪片是杜仲，哪片是黄檀。但那种远离红尘俗世清晰而空灵的幽香瞬间穿透肌肤，沁入肺腑。那是谁在呢喃低语？——停下来，停下来，就在这原生态的深林野谷，让六蝶泉、月牙湖、牛头湾的碧水涤荡去满身的痕伤；让疲惫的脚步穿越孟良遗垒、柴王城垣、花果寺的残砖断瓦去参悟人生的禅道。

旧时烽火与现代军营湮灭在历史风尘之后的老嘉山更似一幅寂寞的山水画卷，静静地铺陈在江淮丘陵之上。不由得想起白鹭岛，也曾这般静寂如同傲放在冰山上的雪莲花。曾几何时，白鹭岛的山林中响起了机械的轰鸣，湖岸边竖起了高楼大厦，南来北往的喧哗成就了她的辉煌名片。而今，人去楼空的白鹭岛，繁华不再，热闹不再，欢歌不再，只留下触目惊心的颓败和荒凉，成为纠缠在无数人心里的一个结，一种痛和伤。

听闻明光正在着力打造以老嘉山为核心景点的"X"型旅游线，我希冀着老嘉山的未来会更加美好，如同我希冀着白鹭岛的昔日重来，希冀着在老嘉山的某处与晓荣再次相见……

(二)邂逅黄寨草场

在此次采风之前,我只知道滁州有个大柳草场。看着采风行程安排上"黄寨草场"这几个字,我无法想象那是怎样的一个丘陵草场?

到达黄寨草场时暮色已浓。一轮红彤彤的夕阳正慢慢地落向西边,起伏层叠的山峦被晕染成苍茫厚重的山水写意。站在草场的最高点放眼四望,除了远处墨色般的山林,满目苍黄的草场已寻找不到星点绿色,枯萎的牧草与裸露的赭黄色泥土融为一体,三面环山的跃龙湖湖水泛溢沉静的波光,如同巨型不规则的镜子镶嵌在草场边缘,一行水鸟从湖中飞起,我不由得轻声吟诵起王勃的诗句:"落霞与孤鹜齐飞,秋水共长天一色。"

默默地环顾落日余晖下的黄寨草场,曾在七月里游历过的青海祁连山草原浮现于我的眼前。从门源到刚察的途中,在蓝天白云的背景里,巍峨绵延的祁连山下,碧波万顷的草原上,绽放着一朵朵美丽的格桑花,成群的马牛羊儿悠然自得地啃食着牧草,零星点缀其间的蒙古包更像一座座银色的小岛,那种纯粹天然的大气磅礴之美与祥和安谧是地处江淮分水岭上的黄寨草场所无法比拟的。

黄寨草场,远离明光城东二十多公里,方圆三千多公顷,曾经是南京军区的军马饲养场。在她神秘、短暂而辉煌的岁月里,那是怎样的一幅万马奔腾的场景?只遗憾匆忙之中,我没有能够从与明光有关的文字中寻找到更多的资料或信息,只能面对这完成历史使命后归于沉寂的草场去追思怀想。没有马牛羊群徜徉的草场总觉得缺少点什么,特别是在这弥漫着些许寒意的初冬时节,让人感到一种刺目的萧瑟和忧伤。

黄寨草场,这片皖东大地上现存面积最大的草场,纵然无法与美丽的辽阔大草原比肩,但她依然是远离城市喧嚣与污杂的一方净土,有着她独特的山水人文特质,依然值得我们去珍惜,去保护,去发掘,去展现她的魅力与潜力。

在驶离黄寨草场的山路上,一群圈养的黄牛从车窗外闪过,而这竟让我的心里少了些许遗憾;让我相信,冬天过后的黄寨草场一定会是另一幅美丽画卷;让我期待,未来的黄寨草场上会出现无数匹骏马竞相追逐的身影,而我可以不再仅仅怀念昆明金殿、西山的跑马场,可以在心灵需要歇息的时候来到这里,就在这片草场上尽情享受驰骋的自由与欢畅……

(三)追梦女山湖

"孤峰倒影入平湖,西浦人家柳作城。伺晚宫花钟磬寂,小楼微雨听书声",当我偶尔读到这首描写女山湖的明代诗歌时,不禁凭窗遥想那究竟是怎样一幅山水画卷,一片世外桃源人家。于是,我梦想着有一天能去女山湖,与三五文友泛舟湖上,吟风诵月,岂不快意?

今天,我们终于来到了女山湖。透过车窗看到女山湖镇上的一个标牌——旧县,我有些纳闷,后才得知女山湖镇古称旧县,镇以湖得名,湖因山得名。女山、女山湖、女山湖镇原是如此密不可分——150万年古火山口,安徽第二大淡水湖,千年古镇,这些厚重的历史底蕴和丰盈的人文沉淀让女山湖闻名遐迩,被誉为一颗镶嵌在淮河南岸的璀璨明珠。

女山湖镇老街上保存完好的清代古建筑群让我们眼前一亮。嘉祐院,始建于宋代招信城内,后被洪水淹没。清代重建的嘉祐院原位于粮站内,是一组完整的建筑群,包括正殿、东西厢房、藏经楼等房舍20余间,总面积1500平方米。"文革"后仅存的三间砖瓦结构大殿于2004年移建到招信寺内。位于老街西角的火神庙,始建于宋代,清代重修,一廊二进,前后进各三间,原庙内观音、十八罗汉等佛像亦在"文革"期间被毁坏。火神庙的南面便是曾与亳州花戏楼齐名的古戏台,相传为太平军叛军、清军江南提督李昭寿所建。如今,演尽人间百态的古戏台已与嘉祐院、火神庙被列为省级重点文物保护单位,成为千年古镇永远的风景。漫步在庄重肃穆的古建筑群中,那些历经兵匪水火、沧桑风雨的斑驳墙壁、木门廊柱、青砖灰瓦、翘檐飞角似在默默讲述着曾经的繁华与没落,曾经的荣耀与沉沦。

走进女山古火山地质公园时,天色已近傍晚。如烟细雨让依水而立形如玉环的女山显得更为神秘、优雅而深邃。来不及探寻龙躺沟、珍珠泉、仙人洞、蝴蝶谷、庞龟和玉女的古老传奇,我们迈着匆忙的步履穿过密集的丛林,踏上铺满落叶的石径,直奔望湖亭。

"看,女山湖上有亮着灯的渔船。"朋友站在观湖亭下对我说。我努力地张望,却无奈厚重的暮霭和水汽在湖面上构筑起严严实实的屏障,只能看清亭子近旁的石阶和丛生的灌木林。观湖亭上不见湖,那"一般春酒夕阳斜,系栈归来月满家。九路渔樵声不辨,柳花烟影乱飞鸦"的诗意只能留给无尽的想象了,泛舟湖上抚琴而歌的快意只能在梦中延续了。

女山湖之行留下了些许缺憾,而这缺憾又让我对未知时日重访女山湖的愿景充满期待。到那时,女山湖镇围绕"一城、两山、三湖和四水"的发展战略,建设沿湖精品城镇、打造生态秀丽水乡的"女山湖梦"又会如何呢?

一路上,总是回味着女山湖镇美丽能干的女书记在座谈会上慷慨激昂、掷地有声的话语。我相信,有女山,有女山湖,有女山湖镇4.3万儿女在努力追逐着同一个梦想,"女山湖梦"的实现一定不会遥远……

(四)风雨沐泊岗

等待着去泊岗的轮渡,冰冷的风裹携着冰冷的雨水扑面而来,不同颜色的雨伞,不同质地的头巾,不同音调的话语,在淮河边上撑起一方温暖,围起一番冬意,燃起一腔热情。

泊岗,地处皖苏交界淮河入湖口处,四面淮河环绕,形如小岛,是滁州市唯一的淮北乡,也是千里淮河上唯一的岛乡。北魏时曾有一位被朝廷罢官南迁的杨姓官员,途经泊岗赋诗云"朝乘淮舟暮泊岗,夕照金沙遍地黄。登高远眺四野景,岗下满目尽湖光"。此行,泊岗夕照湖光美色是无缘亲见了,而漫步风雨中的泊岗,注定会是一次刻骨铭心的际遇。

车停泊岗。一块刻有"水韵泊岗,生态宝岛"八个大字的五彩条石映入眼帘。放眼望去,缀满金黄色叶儿的银杏或三两成群散落于房前屋后,或成行成片站立在道路两旁,汇聚成一片金色的海洋,一幅绝美的画卷。伫立银杏林中,那遮蔽住灰蒙蒙天空的满树金黄,铺陈在松软土地上的层层银杏叶儿,铺天盖地如梦如幻的静美令人窒息,猝不及防触及灵魂的伤感又让人无法逃避。

这哪里是冬天的泊岗?这分明就是泊岗的深秋。

风,从淮河匆匆而来,带着银铃般的哨音,不顾一切地拥吻着银杏树。沾着细小水珠的银杏叶儿,晶莹剔透,一片片仿佛天女散花般,悠悠地飘离枝头,轻轻地叹息着,或急或缓地打着转儿,飘落到柔软的土地上。

雨,从空中落下,和着冷厉的朔风,带着深秋的冷寂,或轻盈或急促,颇具抑扬顿挫之感。置身于秋意正浓的泊岗,人们完全忘记了雨的存在。是深秋的大美,是泊岗的大美,引得一把把或红或蓝或绿的雨伞,在银杏林中,在金黄的土地上,如同巨大的花朵绽放着五彩的斑斓。

"快点走啊,都快一点了,还要过河去双沟吃饭。"不知是谁在银杏林外连声催促着。人们不得不收回眷恋的目光和各式相机镜头,折叠起几许欣喜、几许惆怅继续赶路。

车窗外,金灿灿的银杏树、绿油油的麦地菜地时而相互交错,时而相依相偎。忽然间,道路两旁出现大片大片的麦地,那经雨水洗涤过、秋风侵染过的无边绿色,厚重逼人,绵延如织,宛如精心绘就的水墨淋漓的巨型画卷伴车而行。

这哪里是深秋的泊岗?这分明就是泊岗的春天。

仿佛听见麦苗拔节生长的声音,仿佛看见无数只蜂蝶飞鸟在花树间、在视野里翩翩起舞,一网网鲜活的鱼虾在桨橹声中跳跃着,一箱箱饱满的银杏果、一袋袋水灵灵的"爱心萝卜"、一包包可爱的"小金角"(花生)在轮渡的往返中走出泊岗,走出淮河,走进远方的城市……

(2013年12月5日于来安)

第三辑

雷锋，记忆中永远的碑刻

让爱传递下去，从我，从你的心中。陌生人的善良，你可以接受，可以旁观，抑或拒绝，但请不要轻易质疑。

心向阳光，才能远离潮湿和阴冷，心中有爱，才能温暖自己和他人。

花 好 月 圆

当我走进唐建荣家时，她家的二层楼房半露在高大的院墙外面，院墙用石灰水刷好没多久，在煦暖的阳光下白得刺眼。

唐建荣，这位家住来安县大余郢乡罗庄村罗庄队的普通农村妇女，今年45岁，是个典型的贤妻良母。二十多年来，她默默地用自己并不坚实的双肩支持着丈夫，支撑着家。她身上凝聚着中国妇女的传统美德：勤劳、朴实、善良、坚韧。丈夫谢庆余，与她同龄，是一个能吃苦耐劳、善于巧干的庄稼汉子。两人是通过媒人牵线搭桥认识的，于1969年冬结婚。结婚时一无所有，全家近10口人挤在三间下雨就漏水的茅草房里。

在弟弟们相继成家立业后，1974年，夫妇俩带着孩子分开另过，住在一间连门都没钱安的石头房子里。后来，本队一户人家迁走了，他们借了80元钱买下这户三间土墙茅草房。茅草房已破旧不堪，一副摇摇欲坠的样子，屋内地面上还布满了大大小小的土坑。

生活是贫穷的，贫穷到一分钱恨不得掰成几瓣花，但唐建荣没有说什么，谢庆余也没有说什么。他们又能说什么呢？在那个连多养一只鸡都要"割资本主义尾巴"的年代里，除了拼命地挣工分，谁还能奢望什么？日出而作，日落而息，夫妇二人相濡以沫，过着拮据但很平静的生活。

党的十一届三中全会犹如和煦春风，吹醒了沉睡的大地，给人们的脸上带来从未有过的舒心笑容……

罗庄村有片面积45亩的苹果园,在以前,由于管理技术等原因,果树多年不挂果,濒临荒废。20世纪80年代初,中国大地掀起了改革浪潮。唐建荣夫妇积极投身改革,与生产队签订了承包果园合同,承包期15年,每年上交1500元。

从此,唐建荣夫妇吃住在果园,把全部精力都投入到了果树上。为了给果树施肥,谢庆余跑到乡信用社,要借200元钱。但信用社担心他还不起,就是不借。好在同队的村民孙绍成知道后,借给他100元,解了燃眉之急。功夫不负有心人。经过他们的辛勤劳动,果园在短短的几年内就绿树成荫,硕果累累。1991和1992这两年,他们的纯收入达到2万元。

收入增加了,儿子、女儿建议盖楼房,添家具。但唐建荣却对儿女们说:"有了钱,不能先图享受,要把钱用在刀刃上,做长远打算。"夫妇俩先后三次去外地购置新型喷药器械,并买了大量果园管理书籍和三轮车、手扶拖拉机、电动机等农用机械。直到1993年,他们才花了1万多元盖起了一幢两下一上的楼房。

谢仁兵是唐建荣唯一的儿子,今年25岁,初中毕业时考分超过普通高中建档线,却莫名其妙地榜上无名。他一气之下回乡务农,跟随父母学习果树的栽培与管理,学习耕田耙地,也成为一个种庄稼的好把式。1993年,他和本乡河坝村上逢郧队的姑娘刘红桂自由恋爱成婚。媳妇进门以后,一家人更是和睦相处,齐心共建幸福家庭。逢年过节,刘红桂总是主动给公婆买营养品,扯衣料,织毛衣,给正在上学的小姑子谢仁华买学习用品。1994年,谢仁华想自费到西安一所中专学校学习,哥嫂二话没说,掏出3000元送她到了西安。

有了孙女后,唐建荣夫妇俩就从果园搬了下来,由儿子、媳妇管理果园。唐建荣在家带孙女,并和丈夫种起了10亩承包地。他们依靠科技,在实践中不断进行探索尝试,学习运用地膜覆盖技术种植早玉米、早花生等农作物。去年,夫妇俩运用新方法在门前近1亩的苹果幼苗地里套种早冬瓜，当年取得好收成，收入近万元，被评为滁州市"科技兴农状元"。今年，儿子、媳妇买了冰箱、冰柜和彩电，并从山上搬了下来。为了加强对果园的管理，唐建荣夫妇俩又搬到了山上。利用闲暇时间，谢庆余和儿子，一砖一瓦地把院墙拉了起来，盖了两间瓦房，并在院子里种上花草，使原来单调的小院焕然一新。

唐建荣家靠辛勤劳动富裕起来了。他们富了不忘乡亲，谁家有困难，他们全力帮助，哪个开口借钱，他们从未说过"不"字。同队的一个村民因为家里贫穷，已过而立之年还打着光棍。一位好心人给他介绍了个姑娘，可要把这个姑娘娶进门需要花费3000元，这位村民急得没法。唐建荣夫妇知道后，主动拿出3000元钱，帮助他娶了媳妇。谢庆余还手把手地教他如何种植地瓜，如何栽培果树，使这位村民也摆脱了贫困。在他们的带动和影响下，罗庄队大部分农民都在自家房前屋后及荒地上栽起了山楂、梨、桃等。

他们还积极响应党和政府的号召，自觉遵守计划生育等方针政策，按时完成定购、提留、冬修水利等任务。几年来，唐建荣作为先进妇女典型多次受到市、县、乡表彰，而她的家庭也多次被评为"美好家庭"。去年，她的家庭还被安徽省妇联授予"美好家庭"称号。

坐在堂屋和唐建荣唠着家常往事，我不由得一次次抬头望向那幅悬挂在长条桌上方的牡丹鸳鸯图，图中"花好月圆"四个大字分外醒目。这幅图画不正是这个普通家庭的真实写照吗？

临走时，我看到了猪圈里喂得肚大腰圆的两头肥猪，便问唐建荣："这猪还卖吗？"

唐建荣微笑着说："大兵（她的儿子）喂了一头卖掉了，卖了1000多块哩，我这两头准备今年过年杀，自己杀一头，那一头给大兵他们。"

"那他们给你们钱吗？"

"要啥子钱，名义上是分开家了，实际上我们还是在一口锅里吃饭，不分哪个的。"

　　这就是唐建荣家——一个省级"美好家庭"的故事。

（1998年3月于大余郢）

"人活着，要有一种精神"

家庭年收入达万元，在当今农村可以说算不上什么稀罕事，但对于像苏学曹这样的家庭来说，确实不是一件容易的事。

苏学曹，来安县十二里半乡山尧村后郢组人，36岁，身高1米6出头，瘦瘦的。妻子刘金梅，31岁，因遗传腿有残疾。长女10岁。次子8岁，腿亦有残疾。全家承包土地10亩。

提起苏学曹，认识他的人都说"他的精神真好，不知他哪来那么大干劲"，"他不识字，可心眼好，聪明能干，特能吃苦"。

苏学曹弟兄仨，在家排行老二。因家庭贫穷，他自小连学校的门槛都没有进去过，七八岁就开始洗衣做饭，喂猪放鸭。土地包产到户后，他跟在父亲后面学耕田耙地，种麦插秧，成为一个种庄稼的好把式。1990年春，苏学曹与刘金梅经人介绍相识。纯朴善良的刘金梅看中了苏学曹的憨厚勤快，不久就和他结了婚。

1991年苏家弟兄仨分家，分给苏学曹7000多元债务（有不少是利率达4分的高利贷）。分家以后，苏学曹越发感到自己肩上的担子沉重——妻子不能干体力活，两个孩子一天天长大，要吃穿，要上学，怎么办？靠种那10亩责任田到哪年才能还清债务，才能富起来！经过无数个不眠之夜，他决定把家搬到陈庄队油坊跟前，那儿紧靠着村公路，上街赶集，买卖都很方便。刘金梅同意了丈夫的主张。

1994年底，两口子起早摸黑在油坊跟前盖起了两间小瓦棚，一家人搬了进去。1995年，趁着队里调整土地，苏学曹积极找人协商把大部分田调到了油坊附近。他一边尝试着种早西瓜，一边盖猪圈喂母猪，并先后赊了100多只鸡鸭来喂养。逢年关的时候，他还挑着自己做的豆腐走村串户吆喝着卖。"一分耕耘一分收获"，当年年底，他就还掉了近2000元的债。

　　苏学曹尝到了成功的喜悦，"野心"也一年比一年大。早西瓜的种植给了他一些启示：何不用大棚养鸭呢？又省地方，又早上市。他逐步认识到"只有投入的多，才能净落的多"、"要么不养，要养就养几百只"。但刘金梅担心："咱家底子太薄，栽进去的话怎得了，慢慢来吧，别一口想吃个胖子。"苏学曹却乐观得很："别怕，怕什么，要想富就走这条路。"

　　2000年春，苏学曹又赊了600只鸭苗，用大棚饲养。在鸭子长到半斤左右的时候突然全部生病，两口子急得饭吃不下，觉睡不着。苏学曹根据多年的养鸭经验自己配药，用盐水瓶吊着针管一只连着一只注射。连续几次打针喂药后，除10多只鸭子死亡外，其余全部转危为安。仅这一批鸭长成出手后，就获纯利2000多元。8月，苏学曹一下子买了1500只鸭苗，秋后卖掉获纯利8000多元。12月卖仔猪获利1000多元。他们不仅还清了所有的债务，还有节余。今年春，苏学曹除种2亩早西瓜外，大棚养鸡400只、鸭1400只。

　　"人活着，要有一种精神，这'精神'就是面对困难不悲观，不逃避！就是不靠天不靠地，靠自己！"目不识丁的苏学曹不仅是这样认为的，也是这样努力去做的。当我初次走进苏学曹家低矮的瓦棚时，刘金梅既自豪又充满爱怜地对我说："这个家全靠他撑着，他精神总是那么好，从不嫌苦叫累。他总爱说'就是钱太少，钱多的话，你看我怎么干给你看'。他常到水口叶湾一带放鸭，个把月不回家，觉睡不好，吃饭有一顿没一顿。一季鸭赶下来，人变得走了形，连孩子都不敢喊他爸。"

　　苏学曹的家在村公路旁，路过的人常常夸他家鸡鸭喂得好，西瓜长得大。对于询问他们有何"诀窍"的人们，苏学曹两口子从不"留一手"，总是热情地讲给人家听。在他们的影响下，山尧村后郢组家家种起了早西瓜，不少人家也开始上百只地喂鸡养鸭。

　　"人活着，要有一种精神。"从苏学曹——一个目不识丁的普通农民身上，我们看到了这种"精神"的可贵，看到了农村的希望，看到了实现富民强县不再是一个遥远的梦想！

（2001年5月3日于十二里半）

陌生的信任

那天，在本地最大的购物商场里，我不由自主地随着拥挤的人流，拥向换季商品特价柜台。

春秋皮鞋正在热卖中。我费了好大的劲终于买到一双。一位怀抱着婴儿的农村妇女也来买鞋，尽管看上去比较年轻，但岁月的刻刀已在她的脸上留下深深的痕迹。她选好一双鞋后，刚接过售货员开好的交款单，怀中的婴儿不耐烦地哭闹起来。她一边哄着孩子，一边摸索着从上衣胸袋中掏出一张百元新钞，四下里望了望，最终目光和近旁的我相遇。

她望着我，满脸的微笑里带着歉意："请你帮我交一下款，好吗？"我迟疑着，接过她手中的钞票，后觉得有点不妥，便说："我帮你看着，你自己去交吧。"

"不要紧，麻烦你了。"她说。

于是，我拿着她的百元新钞和交款单，向收银台走去。

在从柜台到收银台的几个转弯的过程中，我不知道自己和多少人摩肩接踵而过，许多说不清的情绪和疑惑在我的心里涌动纠结着。

在被各种欲望淡化了"信任"——这一人性中弥足珍贵的品质的时代里，陌生的她竟将百元新钞递到一个陌生人手里！她的头脑中闪现过我会一去不返的担心吗？这张钞票会是假的吗？我仔细地摸了摸钞票的盲文处，有些微凹凸感，又把它举起来对着室外的光线看了又看，有水印头像，是真钞！我方才快速走到收银台前付了款，拿着找回的几张钞票回到农村妇女身边。她边从售货员手中接过鞋子，边连声向我道谢。那一刻，我竟没有丝毫助人之后的快乐，而是感到羞愧不安，为自己刚刚有过的犹疑！

在生命的旅途中，我们的心灵何时不曾设防？我们的笑容何时不曾矫饰？我们的热情何时不曾伪装？

是在多年的朋友的服装店里被微笑着宰了一次？是在标榜为消费者信得过的商场里买到假冒伪劣产品？还是在伤痛之后的倾诉反被当作中伤的武器……

曾经的真纯在岁月的流逝中不知不觉地改变了，我们会对自己说这是成熟必须付出的代价。更多的有形或无形的木栅铁栏悄悄地将人和人、人和自然隔离，我们会说这是适者生存的法则。

信任，人性中这一弥足珍贵的品质，正随着时光的流逝逐渐淡漠，随着越来越多的诱惑而渐去渐远。

"请帮我交一下款，好吗？"一个怀抱婴儿的农村妇女的声音，轻轻地响在耳边，多年来竟让我无法忘却！

（2007年4月12日于来安）

你以为我是谁？

吴媛媛上班一向去得早些。

那天早上，吴媛媛像往常一样顺道从收发室取报纸。打开报箱的当儿，她听到旁边拐角楼道上传来两个男人的对话。

"我找你。"声音低哑而怯懦。

"你以为我是谁，你找我！"声音冷漠而傲慢，伴随着重重的踩踏楼梯的脚步声往下走来。

那个低哑的声音没有再响起。吴媛媛不由得回头注视着拐角想看看那冷漠的声音到底是谁。

一位西装革履的中年男人拎着皮包出现在面前，原来是时常出现在会议主席台上或电视屏幕上的某位领导。他略显苍老却很干净的脸庞像先前说话的声音一样冰冷。他同样冰冷的目光扫过吴媛媛，便快速移转开去。据说这位领导曾经是一家国有企业厂长，企业亏损时，身为厂长的他被评为优秀企业家。企业濒临破产时，他进了政府机关。企业倒闭后工人集体上访时，他进了领导班子。

目送着那位领导走向停在大门口的豪华轿车，吴媛媛突然想起另一个人的声音，也是这样冷漠而傲慢，不，是更为骄狂而专横。

那年，本市一所学校有几位早年代过课的未落实政策的教师因为数次反映问题都没能得到解决，最终联名上书给国务院。所上书信被逐级签转阅办,最终转到了本地。那天,单位领导让吴媛媛陪同上面来人去学校调查此事。

吴媛媛陪同上面来人去了学校,找到校长,告之来意。校长对于本校出了这样的越级上访事件有些诚惶诚恐,再三表示一无所知。那位来自上面负责此事的某局局长,冷着脸拿出信件挨个儿读着签名人的名字,让校长把人都给找来。

个把小时后,凡是能找来的教师都来了。几位教师中,有的头发已经花白,有的明显患病在身。他们走进狭小的办公室后,迎接他们的没有一张笑脸,更没有一句温暖的问候。在那种紧张的、阴冷的氛围里,言微身轻的吴媛媛只能用倒水、让座的方式表达内心深处的一种无奈和深深的同情。

几位教师在听完校长的说明后试图解释什么。

那位局长大人手拍着桌子开口了,声音有些歇斯底里,更多的则是狂妄,是目中无人:"给中央写信又怎么样!最终还不是要我们地方来处理,岔子岗(当地最偏僻的一个小乡,俗语号称'鳖不生蛋的地方')知道吗?你们谁要是不服,要是嫌这里不好,我就让谁去那里,你们知道我是谁?信不信,试试看!"

在座的人全部愣住了,鸦雀无声。

所谓的调查也没有展开,更没有谈到如何落实。该局长大人又坐上小车扬长而去,临离开时丢下一句话:"你们反映的问题是普遍存在的,不是一会半会就能解决掉的。"

直到吴媛媛离开那个单位,教师们反映的问题还在拖着,却再也没有出现过类似的越级上访事件。为此,有些人高兴,有些人悲哀。高兴的人忘乎所以花天酒地,悲哀的人郁郁寡欢辗转反侧。

你以为我是谁?你们知道我是谁?也许是无意,也许是故意,有些人喜欢用这样的方式提醒别人他的与众不同,却忘记自己到底是谁,是谁给予他的权力？忘记问问自己来于何处，又将归于何处……

豪华轿车载着那位领导驶离吴媛媛的视线。走在去办公室的路上，吴媛媛的心里感到沉甸甸的，不由得想起刚工作时，父亲对她的叮咛："媛媛，无论你以后走到哪个工作岗位上，都不要忘本，不要忘记自己是一个农家孩子……"

（2007年9月12日于来安）

情系汶川

2008年5月12日。午后温热的阳光静静的铺洒在大地上。

我于2:25分到办公室后，便习惯性地打开电脑，登录上QQ，群里的贵阳、西安、长沙等地网友就不断地发消息说，地震了。

三点多，新浪等网站开始报道四川汶川14:28:04发生7.8级地震，多个省市有震感。7.8级，与1976年造成二十多万人伤亡的唐山大地震同一个级别，这场突如其来的灾难又会让多少人流离失所？会让多少家庭面临生离死别？

关于地震灾情的文字、图片在许多网站实时更新。那昔日美丽的家园瞬间成为废墟，那曾经鲜活的生命转眼消逝，那稚嫩的脸庞，那遍布伤痕的身躯，那悲惨痛苦的呻吟……

不忍看却还是想看，不忍听却仍然想听。一场突如其来的灾难，让世界各地的目光投向那一片土地，让无数颗心灵承载撕裂般的痛楚，让无数滴泪水瞬间滑落，让无数人的夜晚难以成眠。

相距遥遥，我无法走到那些受难同胞的身边，但总觉得自己应该做点什么。

地震发生后的第二天，我去市里办事。经过白云商厦，发现停靠在旁边的市红十字会的采血车前站满了人。有神情悲伤的中老年人，有稚气未脱的大中专学生，有衣着简朴的乡村百姓，有新潮时尚的白领佳丽。他们中的大多数人是趁着上班、下课、办事的间隙赶来的。他们聚集在采血车前,填表,量血压,血型测试,没有大声喧哗,只有匆忙的步履,焦灼的神情,忙碌的身影。

献血的人越来越多。医务人员忙不过来,劝那些急着赶时间的人换个时间再来。

我从人群缝隙中伸手拿到了一张献血申请表,填好后,告诉医务人员:"先放旁边,等我办完事就过来献血。"

等我再回到采血车前,已临近下班时间了。感到口渴得很,看到桌上有数瓶矿泉水,我便问:"这矿泉水可不可以喝?"

医务人员说:"可以随便喝,那是一些四川人早上买了送来的,说是感谢滁州人民为他们的家乡奉献爱心。"

献血的队伍中有不少人和我一样,是第一次献血。大地震的惨烈,那些荒废残破的家园,那些挣扎在死亡线上的生命,让许多人都发自内心的要做点什么去帮助那些苦难的同胞们。

验过血型后,我便拿着申请表上了采血车。最先看到的是几个人在核身份证,只听负责审核的人对一位老人家说,你不可以再献血了。

老人家急切地问:"为什么不可以献?"

"您老已年满六十周岁了,六十岁以后是不给献血的。"

"我可以的,我身体很好的,去年,我还献过血的呢。"

"不可以的。"

"再让我献一次吧!四川那边需要血,我身体很好,就再让我献一次血吧。"老人家连声恳求着。

"真的谢谢您。这是规定,不可以的。"

"您老人家不用献的,有我们这么多人呢。"老人家身旁,有人柔声劝说,有人默然无语,有人哽咽低泣,有人擦拭眼睛……

老人家无奈地缓慢地走下采血车。

凝望着老人家蹒跚而去的背影,我只感觉喉咙堵得慌。

采血车前,一波又一波的人流从四面八方汇聚而来……

（2008年5月17日于来安）

你是谁？

起风了。

满树樱花摇动着尚且细嫩的枝条,洁白的广玉兰花瓣儿如片片羽毛飘离高大的枝干,翻转着,落到地上后又被风卷起来,忽高忽低地跳跃着。

可欣,身着草青色无袖长裙,缓缓地走在两旁长满绿色藤萝的鹅卵石路上。

出口处,一个熟悉的身影,站在那儿,不时地向门外张望着。是江枫,可欣远远地看见,便认出了他。

江枫回头,看到戴着宽大墨镜的可欣,那张曾经英俊白皙、精神焕发的面容,此刻却显现着尴尬、疲惫、茫然。

"下班了?"江枫的声音传来。

"……"

从江枫面前走过时,可欣没有放慢脚步,抬手理了理被风吹到眼角的长发,嘴角露出一抹淡淡的不易被人察觉的笑容。

如果不是香芸用匿名连发几封邮件给江枫,如果江枫不认为那些邮件是可欣故意拿他开心的,可欣也就不会好奇想知道香芸是谁？也就不会知道江枫一直隐藏得很好的秘密,不会知道江枫除了她之外还有香芸,不会进而相信流传已久的江枫和兰、惠等女人的亲密关系。

看到香芸误以为江枫要和自己分手而痛苦地把一切都说出来的QQ

留言后,可欣格外地平静。

在无法否认的事实面前,江枫没有再为自己辩解什么,只是一再地请求可欣原谅他所做的一切,请求能够重新开始。

看到了爱情和婚姻的另一面真实,可欣无法原谅自己,更无法原谅江枫所带给她的耻辱的感觉。

一切都该彻底结束了。决定离开江枫的时候,可欣把写好多日的邮件发给了已为人妻人母的香芸,换了手机号码,向单位请了长假后便去一个遥远而陌生的城市边打工边整理自己的心情。

几个月后,可欣在QQ上又一次遇到香芸在线。

"你还爱着他吗?"可欣首先发话过去。

"过去的已经过去,我不再想了,谢谢你的多次提醒,最后的醒悟还应该感谢你那封迟到的信。"

"你是谁?"香芸接着打过来一句。

"我是谁? 我们是谁都不重要,重要的是能够从梦中醒来,重要的是能够重新开始新的生活。"

几天后,可欣发给香芸一份祝福的电子贺卡,随后便把香芸拖进了黑名单。

有多少往事可以忘却? 有多少爱恋可以重来?

既然无缘,何须誓言。今日种种,似水无痕。明夕何夕,君已陌路。

你是谁? 他是谁? 她是谁? 可欣已不再关心。

天边,划过几道刺眼的弧形光线,厚重的乌云遮蔽了最后一抹阳光,阵阵尘沙在风的挟裹下肆意弥漫张扬着……

(2006年6月8日于来安)

一个人的舞蹈

你曾经注视过坐在旋转木马上的孩子吗？

或者聆听雨敲打地面的声音？

你是否跟随过一只蝴蝶的飘忽的飞翔？

或者凝视太阳沉入昏暗的夜晚？

你最好慢下来，不要那么快地舞蹈。

时间是短暂的，音乐不会持续太长。

……

红果低声吟诵着《慢慢的舞蹈》(《Slow Dance》)，想象着那个小女孩，那个身患绝症，生命只剩下六个月的小女孩躺在纽约一家医院的病床上，用她枯瘦的手写下这些优美伤感的句子，用她短暂生命的感悟告诉人们要去积极地生活……

时间是短暂的，音乐不会持续太长。红果缓缓地合上书，默念着诗句，踱到临街的窗前，熙熙攘攘的人流穿梭在依然灼热的阳光下，此起彼落的汽车喇叭声、南腔北调的叫卖声鼓噪着耳膜。已有多久没有聆听那些熟悉的音乐？已有多久没有回到那静默在山脚下的梦中小屋？终日淹没于文山会海、忙碌于两点一线的红果决定放下工作和孩子，让倦怠已久的灵魂和身躯回到独我的空间里慢慢地舞蹈。

小屋曾是一个向往，在"终日错错碎梦间"盘踞多年。小屋从一个徒有四壁的坯房，在红果四处奔波，"人比黄花瘦"后，终于像待嫁的新娘般绽放出淡雅、羞怯的美。

日落时分，经过数小时颠簸的红果到达小屋。进得屋门，红果踢掉脚上的高跟鞋，换上凉拖，为干渴的绿萝、滴水观音浇上清凉的水，将落满浮尘的小屋打扫干净后，便拉上洁白的窗纱、白底蓝花的遮阳布帘，将外面的天光与喧嚣隔离。淡蓝的灯散发出柔和的光晕，伴随着《 My heart will go on》的经典旋律缓缓荡漾开去。

红果随着音乐的节拍轻轻摆动身体，曾经熟稔于心却几乎忘却的舞步在记忆深处渐渐复苏、旋转。象牙塔内，那些呼朋引伴赶场而舞的片段如幻灯片般在眼前一帧帧回放，桀傲不驯的梦之弧，率真美丽的秀之芳，素朴无垠的巢之叶……可曾像她一样忘却一些原本以为永远不会忘却的往事？

温热的水从形如太阳的圆形花洒上洒下绸缎般的水帘，暖暖的风裹携着水帘从上而下，从左而右，从外而里包围着、抚摸着红果那依然紧致细腻的肌肤。柔韧的手指在肌体上如蛇般游走，满身的寂寞与疲惫在四下跳跃纠结的透明水帘中洒落一地，那曾经相拥而嬉的身影在帘的深处鬼魅般晃动。红果使劲拧了一下手背，确定自己只活在当下。

海藻面膜已近半年没有用了吧。用毛巾包好湿漉漉的头发后，红果弯身从储物盒里拿出一小袋，撕开，暗红色的海藻片刻间倾入小塑料碗中，加入温水，精致的小勺来回搅动几下，细腻透明的骨胶原便将分散的粒粒饱满的海藻凝成泥状。红果将海藻泥放在掌中，轻轻拍打成薄薄的圆饼，仰脸，提起，敷于脸上，两手顺着边缘轻按一圈。

看着镜中敷好面膜的自己，红果不由得想起那次在美容院中的经历。一位敷上海藻面膜不久的美眉忍不住要去卫生间。她拉开移门，门厅里一个男人带着个三四岁模样的男孩正在看动画片。男孩猛转头看到一个满脸褐色，只露出两只眼睛、红红嘴唇的人从门后面走出来，当即吓得大哭起来。男人忙将男孩搂入怀中不停地哄劝、安慰。美眉方才意识到是自己脸上面膜惹的祸，遂疾奔而去。

"妈妈变成小魔鬼了，我好怕怕。"年幼的女儿每次看见红果做面膜，总是这样大声喊叫着，双手捂着脸跑出房间。女儿淘气可爱的身影仿佛站在身后不停地晃动着，镜中的红果微笑着，轻轻拽下毛巾，甩了甩仍很潮湿的头发，用梳子理顺。

浴后倍感轻松的红果打开明亮的客厅吊灯，从挎包里拿出一本散文集，斜靠在沙发上开始品读。这本装帧精美的散文集是千里之外的文友欣怡所赠。三年前，相识于文学论坛的欣怡来到红果所在的城市与文友们聚会。初次见面，敏感的红果便察觉到了欣怡隐藏在笑容背后的哀伤。在陪欣怡回到宾馆后，红果找了个借口出来到超市买了些本地特产，又为欣怡挑选了一个精巧的手机挂饰，上面刻有一行字：只要笑一笑，没有什么事情过不了！

欣怡感动着红果的细微体贴。网络重逢时，深埋于欣怡心中的苦痛随着指尖的跳动倾泻而出。面对着那些闪烁在电脑屏幕上令人揪心的文字，红果深感震惊。那些痛，红果懂得。那些痛，虽然红果并未全部经历过。

读着书页上那一行行或清新怡人或愁肠百结或惊涛拍岸的文字，红果明白了正是那些渗透进血液和骨髓的爱和痛的体味才让文字更加富有灵性，才让生命更加绚丽多姿，才让感悟更加深远。

八成干的头发温润而柔顺。红果缓缓起身，踮起脚尖，伸展双臂，在光滑的木地板上轻轻旋转几圈。

卧室，宽大的实木床上，白底点缀淡紫色花朵的床单、被套与同样色调的玻璃衣橱移门浑然一体。床头柜上，精致透明的花瓶中，几枝富贵竹不露声色地炫耀着浓翠欲滴的绿和安逸。

红果把头埋进柔软厚实的枕头里，百听不厌的《Take me to you

heart》的音符仍在静寂的小屋中回旋。

信息提示音响起，是哥哥。是红果正想念着的。

"Hold in arm"，是期待。是红果渴望已久的。

眼角开始潮湿。红果的心隐隐作痛，为自己的退缩。哥哥却只能感觉到她孩子般的顽皮在秋夜的宁静中率性而舞。

泪，暗哑无声的泪，在心底肆意奔腾。缘，不期而至的缘，仿佛前世的约定，让她近乎冬眠的心有了重新展翅飞翔的勇气和力量，而她却不能尽情释放出内心所有的渴望向他走去。

梦中，厚重的石墙包围着红果。她左冲右突，却始终找不到出口。他微笑着，有着阳光般的温暖，在长长的雨季之后，缓缓地向她走来。他转过身，在沉沉的暮霭中渐渐远去，沉默的背影刺痛着她的双眼。

红果知道，那厚重的石墙其实是她自己，完美的生活离她只有一步之遥，而她却无法跨越那世俗的鸿沟。

" Hold me , slow dance with me , I don't want to dance alone ……"

喃喃梦语无人听到，只有浓浓的黑暗包裹着小屋，连同红果的梦魇。

窗外，淅淅沥沥的雨落在依然残留着清香的桂树上，淅淅沥沥的雨如丝竹般轻轻敲打着斑驳的地面……

（2010年10月28日于滁州）

今天，我没有听女儿的话

女儿下午做完作业后告诉我，橡皮擦和铅笔用光了。

傍晚时分，我骑着电动车带她去市中心的文具店买了她喜欢的香味橡皮擦和袋装迪士尼铅笔。店主给了方便袋装好后，我随手放到了电动车前面的车篓里。

手机里下载的麦当劳优惠券还从未试用过呢。带女儿到麦当劳门前，我蹲下来锁电动车。女儿说："把那铅笔袋子拎着吧，不然会被人拿走的。"我想这样的小东西应该没人会拿吧，便说："放篓里没事的。"进去后方才发现手机不在包里。看看各式的套餐，好像又涨价了，委实没有什么食欲，便带女儿离开了。

想起南湖那边曾和女儿吃过的包子店，女儿那次吃了一笼小笼包子后还嫌不够，又要了第二笼。我便跟女儿说："再带你去吃包子吧。"

几分钟后，我们便在包子店门前停下电动车。女儿再次提出把装文具的袋子拎进去。我仍然说："不用拎，没事的。"

一笼小笼包，两个萝卜肉泥包，两碗黑米粥。前后不到半小时，我们便结束了晚餐。

出来后，女儿远远地就看见电动车篓里的文具袋没有了。她�’起了小嘴："你看，不听我的话，被人拿走了吧。"

我很无语，半晌才接腔："哎，这点小东西都拿，素质也太差，都怪我太……妈妈再给你重新买吧。"

远远地看到中环国际高楼上沃尔玛的招牌，不由得又想起今年元旦后的一个傍晚，我骑电动车第一次去沃尔玛购物的情景。

因为天气比较冷，我戴了网购的AK粉红色头盔。以前在乐天玛特或其他超市买东西时，总感觉戴着头盔进卖场有点怪怪的，所以总是把头盔摘下放在电动车篓里。那次，我也一样放好头盔，锁了车。等我买好东西出来，超市入口旁卖串烧、糕点的小摊点已走光，我的电动车篓也空空如也，头盔不知何时被何人顺手牵羊带走了。回到家里后，我未敢跟妈妈提头盔的事，不然又会被老人家数落一通。

想起鲁迅先生在《纪念刘和珍君》文中所言，"我向来是不惮以最坏的恶意，来推测中国人的"，反映了他对当时国人的失望。

而我向来更愿意以美好的愿景或期许，去面对社会、善待他人。而这种愿景或期许，在一次次无奈的，甚至狗血的现实面前，常常使我陷入无语、愤怒、悲情的境地。某些时候，我甚至不知道如何去面对孩子们的困惑和质疑。

毒牛奶，塑化剂，地沟油，21名重庆官员涉不雅视频，20天8起校园性侵案……从街巷的商贩走卒，深山荒野的矿工游民，到主席台上高谈阔论的官员，讲台上传道授业的师者……似乎从没有哪一个层级，哪一个群体可以幸免。

童真（摄于2010年2月）

曾经,那个路不拾遗、夜不闭户、长幼有序的时代成为几代人永远的记忆。在短短几十年摸着石头过河中,许多优秀的传统文化、道德规范在浑浊的充盈着铜臭味的河水冲击、侵蚀下荡然无存。

　　我们慨叹人心不古,我们呼唤社会良知,我们渴盼重筑道德高地。我们个人无力去改变社会大环境,但我们可以独善其身,我们可以言传身教。

　　"别人再好的东西都不能去拿。"儿时父亲母亲的教诲响在耳边。

　　"我记住了,妈妈。"女儿在身后紧紧地搂着我的腰,高声应答。

(2013年6月2日于滁州)

顺风车,你敢坐吗？

呼呼的西北风,吹在裸露的脸上像刀割一般痛。我双手拢在衣服袖管里不停地跺着双脚,身体不时地瑟瑟发抖。

孤独地站在路边等客车回滁城。望眼欲穿,还是不见客车的影子。过了好久,客车终于来了,车上却连站脚的地方都没有。

"跟下趟吧。"售票员丢下一句话便飞快地关上车窗。

只得继续等待。一辆崭新的商务车在我前面停了下来,一个年轻帅气的小伙子,双手搭在方向盘上:"到滁州的吧,我带你一下。"

有些茫然。我以为自己听错了,看看身后,并没有其他人。

有些困惑。他是不是认错人了？

"不要钱的,我顺路带你。"小伙子微笑着。

有点怀疑。现在还有这样的好人？

有点犹豫。他会不会有别的企图？

"不用,谢谢你,我等客车来。"

"上来吧,没事的,我一个人开车是走,多个人坐也是走。"

小伙子友善的目光打消了我心中的顾虑,我拉开车门坐到了副驾驶座位上。

"你这样做很少能带到人吧？"

"那倒是真的。先前我路过城市广场看到路边站着好几个人,明显是到滁州去的,我就停下来说顺路带他们走,他们一个个睁大眼睛看我,搞得我跟骗人似的。我说了不要钱,他们还是没上车。他们那么多人,我就一个,就是怕我怎么地,在车上撕也把我撕得了啊。"小伙子很无奈地说着,"现在好人难做啊!以前在半塔、舜山一些路上看到明显是要进城的人,停下来想顺便带着,可都不敢上。"

小伙子的话让我不由得想起那些曾经的美好时光。

那时的风气,争当好人是社会风尚,助人为乐更是一种美德和荣光。

那时的人家,住在公路边,夜不闭户,闷热的夏夜,就安睡在外面用长板凳和竹箔子搭起来的凉床上,或直接躺在大竹匾里望着满天星光进入梦乡。

那时的春节,总有一大帮孩子跟在年长些的哥哥姐姐后面挨家挨户拜年。一圈转下来,每个孩子的新衣口袋都被炒米糖、花生糖、葵花子、南瓜子塞得满满当当。

那时的学校,离家几十里路远,没有直达客车,只能靠步行往返。常常,行走在半路上,孩子们会拦下陌生人的车坐上去,更会有陌生人主动停车捎上他们。那时,即便一个人坐陌生人的顺路车也不会感到害怕恐慌。

一路上,和小伙子感慨着现在,闲聊着过往,不觉已到滁城。

"以后遇到顺风车,你还敢坐吗?"下车时,小伙子问我。

"嗯——,真的不知道。"

数天后,我站在公路边等单位的车。

一辆箱式小货车缓缓减速靠近,开车的中年男人一手扶着方向盘,一手握在挂档杆上,微笑着问我:"到滁州吗?我带你呀。"

"谢谢啊,我在等单位的车来。"我微笑着回答,不再有上次的犹疑,而是满心的感激,久违的温暖,由衷的喜悦。

"不客气,是想顺路带一下的。"

望着驶离的小货车，祈愿着能主动停下来搭载陌生人的顺风车会越来越多，会有越来越多的人敢坐、愿意坐陌生人的顺风车。

（2013年6月15日于滁州）

买　菜

　　赵扬平时很少买菜。这几天,他妻子不在家,他只好亲自出马买菜做饭。

　　这不,赵扬刚走出小区,就在路边遇到一个推着小板车卖菜的老奶奶。从老奶奶满脸的皱纹和花白的头发来看,她至少有七十多岁了。

　　赵扬没有问菜价,随手拿起一把青嫩嫩的蒜苗让老奶奶称重。

　　"一块八。"老奶奶称好菜后报出钱数。

　　赵扬从钱包里拿出一张十元钱递给老奶奶。

　　老奶奶颤巍巍地从胸前的棉衣里掏出一个小布袋子,又从小布袋里摸了一张五元钞票出来,把钞票凑到布满鱼尾纹的眼睛跟前仔细看过后递给了赵扬。接着又摸出来第二张凑到眼前看,也是五元。在给过赵扬第三张五元后,老奶奶又摸出一张五元要往眼前凑。

　　赵扬再也忍不住了:"大妈,我给您一张十块的,您应该找我多少钱啊?"

　　"八块二啊!"

　　"可您已经找给我三张五块的了!"

　　"唉——,大哥,你真是好人啊!我——,唉!人老了,不中用了。"

　　"大妈,这菜是您自家种的,还是从别人那里兑来卖的啊?能够本吗?"

"是兑来卖的，我没有数，不知道够不够本呢。"

"大妈，您老人家高寿啊？"

"八十岁啦。"

"您家孩子不管您吗？"

"唉，哪里指望得上哦，人老了，自己搞口吃的，糊一天，是一天吧！"

赵扬听了心酸得很，快速地把三张五元钱叠起来塞到老奶奶手里后转身离去。

（2013 年 11 月 28 日于来安）

任　务

　　十八届三中全会结束后不久，在某书店工作的表妹一上班就给我打来电话："大哥，我们单位下达了订书任务，请你帮忙找些熟悉的单位订些吧，我好完成任务。"

　　我随口告诉了表妹某某局没问题，并说自己一会就给局长打个招呼。

　　因为手头事情多，我直到下午才打电话给那个局长。

　　局长说："你表妹上午就来过了啊，已经帮她订过了。"

　　我还没跟人家说呢，表妹就自个儿跑去找人家订了，也真是的。我有些吃惊，便又打电话找表妹"兴师问罪"。

　　表妹在电话那边诧异地说："大哥，我没去啊，我一上午就坐在办公室里，哪里也没去。"

　　这是怎么回事？

　　"想起来了，大哥，当时给你打电话的时候，办公室另一个同事也在，听到了我们的电话，肯定是她干的，我回头就找她算账，什么人啊，怎么干这事啊！"

　　"算了吧，别找了，都是任务惹的……"我耐心地劝说表妹。

（2013年11月28日于来安）

雷锋，记忆中永远的碑刻

　　雷锋，熟悉而温暖的名字，曾经伴随着我走过童年、少年时光。

　　虽然家境一直很贫寒，但因为在师范院校读书继而留校的叔叔的缘故，我经常能够从图书馆借到许多书籍。那些装帧简洁、散发着墨香的书籍成为点缀贫乏生活最精彩、最丰富的精神食粮。《雷锋日记》《欧阳海之歌》等英雄人物的故事书，我都不止一次的通读过。

　　"如果你是一滴水，你是否滋润了一寸土地？如果你是一线阳光，你是否照亮了一分黑暗？如果你是一颗粮食，你是否哺育了有用的生命？如果你是一颗最小的螺丝钉，你是否永远守在你生活的岗位上？"

　　读着雷锋的日记，聆听着父亲、叔叔的教诲，年少的我对未来充满了希望和梦想。我常常一个人坐在故乡的河边，手里拿着书或静读或沉思，希冀着长大后也要像雷锋那样做一个热心帮助他人，对社会有用的人。

　　远离老家的山里驻扎着部队。每有部队从屋后的公路上走过，我都会趴在院墙上看那些唱着嘹亮军歌、昂首挺胸阔步前进的战士们，满是羡慕地想象着当年雷锋也是其中的一员，也是这样走过祖国的许多地方吧。

　　自从知道、了解雷锋后，我的人生理想就是当个女兵。

　　后来人们告诉我能当上女兵的大都是高干家女儿，名额根本不会分配到下面的城镇来。失望的我只有寄希望于考上军校，去实现当兵的梦想。

　　高考分数下来后，我看到填报军校志愿的条件，当即就傻眼了——身高差一点儿，当兵的梦想在那一刻彻底破灭。

雷锋，曾经伴随我走过童年、少年时光的英雄偶像，引领着我走在自己的人生路上。雷锋日记中那些闪烁着平凡而伟大思想的火花，如同永不褪色、永不风化的碑刻，时常会清晰的呈现于眼前。

在逐渐长大的岁月里，在社会和生活的磨砺中，我渐渐明白，雷锋，在这世界上只有一个，纵然有千千万万的人去模仿他，去学习他，却永远不能够超越他。

雷锋，他所处的那个有着浓厚纯朴印记的时代，他所崇尚的那种有着深厚儒家道德底蕴的价值观念，他所坚守的那种恭俭奉献的人生态度，能否随着时代的变革、光阴的流逝而为更多的人所接受、传承？

一个社会的大环境必然会影响到每个个体的小环境。

在一个缺乏崇尚大我的舆论导向、缺少坚定明确的人生信仰、缺失精神榜样的力量支撑，而到处充斥着宣扬自我、标榜个性解放、精神家园荒芜的大环境里，怎么能够让每个个体去奉献，去为大家而舍小家，去为大我而舍小我？

雷锋，是一个时代的印记。

（2007年3月13日于来安）

让孩子学会自己面对

一位快要退居二线的同行，是同事朋友圈子里公认的家庭主男、模范丈夫。他常感慨家里家外全是他，活得真累。独生女儿都二十大几上班了，还是饭来张口，油瓶倒了不扶，内衣内裤还要他洗，不累才怪呢！

在同行面前，我是小字辈，不好明说他太娇惯孩子。我从小就放牛，打猪菜，割驴草。在父母亲望穿秋水的期待里，我考上大学，跳出农门，工作结婚，在城里垒了个小窝。孩子出世了，自然也就成了个城里人。国家只准我这样的小家生一个孩子，为国家，为小家，为孩子的未来着想，不能太娇惯，要爱之有度，宠之有方。

孩子最终要长大，要飞出去，要有自己的生活。作为父母，我们不可能保护他们一辈子。从小就灌输他们自食其力、刻苦勤劳、助人为乐等意识，并辅之以引导和行动，这样更有利于他们今后独立面对社会和人生，经得起挫折。

我的孩子会走路后，喜欢在院子里扒拉着泥土和沙子玩，常常弄得灰头土脸满身泥沙。孩子爸不许他玩。而我不乐意了，不就多洗几次澡，多换几套衣服吗？这样玩也是运动嘛，多运动更能开发智力。有了我的支持，孩子玩得更肆无忌惮了，手脸脏了我就慢慢教他自己洗。后来他随我到花市看到玩具南瓜、跳舞草种子什么的很是好奇，我毫不犹豫地买给他自己种去了。

怀念是春天的草

　　我经常告诉孩子，你以后上了大学就得离开家，大学毕业后可能会在外地工作，妈妈不可能陪你去上大学，不可能你到哪陪到哪，你得学着自己的事情自己做。孩子有自己单独的房间、满橱的书籍，几年前，我就教他铺床叠被，让他学着自己打理房间书橱。孩子整好后喊我去参观，我自然对他做得好的方面给予表扬，不足的指出来，有时还会来点物质鼓励。三年级暑假，我便教孩子淘米煮饭。四年级时家里买了微波炉、全自动洗衣机，孩子没等我说就自己拿着说明书对着电器摆弄，学会操作，比我知道的还多。上五年级后，即使我和他爸都不在家，他也能够把自己照顾好好的。

　　不光要教孩子做好自己的事情，还要有意识地培养他们热爱劳动、助人为乐的精神。在家中，让孩子帮着做些力所能及的事情，如吃饭时帮着端菜盛饭，饭后帮着收拾碗筷，浆洗时帮着拿衣递盆等。在学校，鼓励孩子多与同学交往，热心帮助学习差的或家境不好的同学。在大街上，引导孩子对残疾人和乞丐不要漠然耻笑，而是多些爱心与施舍。在假期，不定时的带孩子到农村体验生活的艰辛，干些起花生、看西瓜等农活，引导他们珍惜劳动成果，勤于实践，正确面对挫折。

　　现在社会竞争特别激烈，"高分低能"于国于家于己都不利。总之，作为父母，我们不能包揽一切，要注重对孩子综合素质的培养，让孩子学会自己去面对。

　　"惯子不孝"还是有一定道理的。

（2007年6月14日于来安）

拥有自己的树

在美国乔治亚州的雅典城，有一棵著名的"拥有自己的树"。

大约两百年前，雅典城一位老人因担心自己去世后，后院里的一棵老橡树"遭遇不测"，便在遗嘱里把这棵树的所有权，连同树下八英尺半径的土地赠给了这棵树。

随着城区发展，后院变成了街道，老橡树和围在它周围的栏杆正好在路中央。无疑，这棵树已经阻碍了交通。但是，在要不要移走这棵树的听证会上，附近社区的居民认为，公众受影响的利益，在质和量上并没有压倒这棵树的财产权，这棵树便被保留了下来。

20世纪初，一场暴风刮倒了老橡树。一个妇女园艺组织立即用老橡树的籽培育了一棵树苗，栽种在原来的地方。老橡树的合法继承树竟然得到了承认。

"拥有自己的树"至今参天蔚然，可以说前所未有，幸运至极。相对于这棵树的命运，人类某些个体或群体所受到的待遇却要无奈，甚至悲惨得多。

重庆"史上最牛钉子户"的房子最终在法院的一纸判决后随着挖掘机的轰鸣而化作缕缕尘灰。前两年听闻某县搞工业经济开发区，在征地过程中，有一位农户不愿搬迁，负责征地的官员便"黑白联动"请一帮"混混"充当"打手"去摆平。"混混"当众"啪啪"数个耳光煽在户主老婆脸上，还直嚷着:"他××的,你找死啊!"最后,竟然还向这户人家索要"打手费"五千元!被"打脸"还要为"混混"的"亲自出马"买单,这是哪家的理!户主当然不肯,最后这"打手费"就由村里先行垫付,再从各家的土地赔偿款中平均扒掉。在老百姓眼中,这被"打脸"的仅仅是户主老婆吗?

近日又在网上看到400位父亲发出泣血寻子的呼救!上千名在车站、码头、天桥等处失踪的孩子,被500元一个卖给山西黑砖窑、黑煤矿,沦为现代"包身工",其中年龄最小的只有8岁!这些孩子有的已经和外界隔绝了整整七年,有的因逃跑未遂被打残,有的被监工用烧红的砖头把背部烙得血肉模糊,更有甚者被打成重伤,让其自愈,如不能自愈或伤情恶化,奄奄一息时竟被活活埋掉!不知道这些黑砖窑、黑煤窑存在多少年了,在它们存在的岁月中,难道"为人民服务"的地方政府和地方公检法等部门都成了哑巴?对这样令人"非常震惊,令人发指"的行为,他们竟然可以熟视无睹,甚至沆瀣一气,助纣为虐!

宪法就公民的人身权、财产权等权利做出了明确规定,可在现实面前,有些个体或群体连最起码的生存权利都得不到保障。在权与利面前,在人与法面前,人性如何才能不被扭曲,法律如何才能不被践踏,看来仍然值得我们深思。

"拥有自己的树",体现了对生命和法律的尊重。我们期待着"有法必依,执法必严,违法必究"能延伸到每一个角落;期待着神州大地上能够生长出更多的"拥有自己的树"。

(2007年6月14日于来安)

浅说招商引资

出差途中，偶然听到一位民营企业家谈及，他个人实际投资只有100多万元的加工厂改造项目，被有关单位告之要作为招商引资项目才能进行土地审批等后续程序，而且要把投资额填报为1500万元。

这是个案吗？应该不是！这是在招商引资"被成为"许多地方政府或部门的中心工作、考核硬性指标后出现的普遍现象。

招商引资任务指标年年"被增长"。上面摊派下来的任务，下面即便牢骚满腹，还得"八仙过海各显神通"地去完成，于是优惠政策激励措施层出不穷，特别是对于吃财政饭的招商引资功臣"经济上给予重奖、政治上给予荣誉"被广泛运用。

好不容易碰到找到拉到引到一个项目，投资者非外地人怎么办？有办法！可以从A地挪到B地（即便两地相距不远），或以外地人之名，或以联合出资之名等变通后就OK。

实际投资额不够怎么办？有办法！普遍运用的套路之一就是让投资额"被增长"。这一"被增长"于投资方和引资方有利无害且好处多多。投资方可以在以后的运作中省事省心省力而无责任担当；引资方一来完成本单位任务，二来可助友情单位，三来赚些政府奖励。按照不同引资额度不同比例的奖励标准，奖励金额少则几千元，多则几十万，甚至上百、上千万元。有些项目未见投产收益，数额不等的奖励却已进入单位或个人手中。

招商推介签约项目少，人气不旺怎么办？有办法！同一个项目多次"被邀请""被签约"的现象屡见不鲜。政府的托、企业的托、大托、小托、明托、暗托，托来托往，人气自然很旺。报纸电视一派繁华景象的背后，又有几人会去刨根问底探究真假！

当然，招商引资"被……"后要顺利运作少不了各环节的默契配合，吃喝玩乐烟酒礼品等是少不了的通行证、黏合剂。有人说，比起当年"亩产万斤粮"的浮夸，现今社会有的行业或部门的造假风、浮夸风有过之而无不及，招商引资"被……"只是其一，工资"被上涨"、下岗"被就业"、收入"被提高"等亦是广为人知的弊病。

为官从政者追求政绩可以理解，但弄虚作假掺水分，好大喜功搞浮夸要不得。去伪存真、求真务实倒更能得民心、顺民意。

（2008年2月于来安）

从"金书记捡垃圾"说起……

忙里偷闲上来安论坛，浏览当日新发的主题贴《金书记捡垃圾》（该贴转自来安县人民政府网站），网友跟贴褒贬不一。

如果金书记身边工作人员口袋里崭新的白手套没有露出来，如果拍摄者的角度选取得更好些，如果撰稿者的文字把前因后果交代得更清楚些，笔者猜测那些留言"作秀""拍马屁""不要演员……"等的网友们在敲打键盘时可能会多些迟疑和思考。

作为县委一把手，金书记何以会亲自捡垃圾？后面的网友跟贴及随后不久经重新编辑修改的主题贴让人更清楚地了解了事情的原委。

为改变乡村环境脏乱差的现象，3月下旬，该县在全县范围内开展了以"清理垃圾、清理路障、整顿秩序"为主要内容的"春风行动"。金书记对此项行动高度重视，在大会上告诉乡镇负责人，他的车上已经准备了铁钳和垃圾袋，随时拾捡路边发现的垃圾，并将垃圾亲自送给所属乡镇的主要负责人，以此督促各乡镇认真将"春风行动"抓出成效。

笔者猜测，当金书记在大会上说那番话时，坐在台上台下的下属们，能把他那番话当真的会有多少人？

4月6日中午，金书记到基层调研，途经某乡镇，发现沿路有成片垃圾，当即下车对垃圾进行捡拾。金书记在拾捡了整整一袋垃圾后，即将垃圾送到该镇主要负责人的办公室。

那个乡镇主要负责人当场下不了台是肯定的,不知道他会否感叹自己运气不好,竟成了第一个被县委书记送垃圾作为见面礼的乡镇领导。如果为此而丢了乌纱帽,他肯定会连肠子都悔青了。好在金书记还算宽容,只是对他提出了严厉批评。在金书记离开后,他随即召开全体镇村干部会议,组织人员对辖区内所有公路、河道沿线及可能存在的卫生死角进行彻底清除。

　　金书记捡垃圾,几幅原汁原味的图片,几段免不了八股风格的文字,不同的人,看的角度不同,得出的结论就会不一样。有的人看到领导干部的带头表率作用,有的人看到亲历亲为背后的无奈,有的人看到下属的阳奉阴违,有的人看到官民矛盾的深层原因,有的人看到毛泽东所言"凡事就怕认真"在细节上的体现。

　　正如贴文最后所言,捡垃圾事小,寓意重大。金书记表示会坚持捡下去,直到乡镇道路沿线没垃圾可捡为止。书记有这样的态度,还有哪个下属敢不认真?还有哪个下属愿意再次被送垃圾?那第二个被撞上的,笔者猜测,金书记就不会还仅仅停留在"严厉批评"的层面上了吧?

　　凡事最怕不认真。作为公务人员,领导不认真,光听打雷不见下雨,久而久之,领导的威信没了,群众的口碑也不会好到哪里去;下属不认真,最不得人心的当属歪嘴和尚念经,好的政策被执行走了样。无论哪个层级的不认真,最终损害的是政府的形象,是政府的公信力。

　　笔者真心希望金书记用不着再次去捡垃圾、送垃圾,希望台上台下的下属们能理解书记捡垃圾的深意,让"被要求"变为自觉行动,也希望身居不洁之处的市民、村民能变熟视无睹、冷眼旁观为主动参与、主动改变。

　　祈愿"春风行动"能借此而深入人心,刮得更猛烈、更强劲。

(2012 年 4 月 6 日于来安)

官民互动，因"诚"而精彩！

"你走来，我走来，大家一起来，为来安——这片曾谱写过辉煌与荣耀的热土续写新的篇章，努力实现新发展，新跨越，齐心协力建设美好幸福新家园！"

这是摘自笔者手中的《来安县"网民看城市建设"活动指南》扉页上的文字。寥寥数语，似已注定这次由官方主办的"网民看城市建设"活动不会是一次"为看而看"的作秀，不会是人们常为之"吐槽"的忽悠与炒作。

从参与该活动的网友所发图片、诗词文赋及跟贴来看，人们可以知道这是一次成功的，甚至称得上完美的官民互动，这种现象在来安似乎是不多见的。何以如此？笔者以为这次活动从开始到现在至少体现了"四诚"。

心诚。活动开始时，县城市建设指挥部主动联系民间论坛，密切沟通，组织网民看汉河新城和"新来城"建设，聆听民间的声音，从中我们看到的是主办方的务实、平和与精心而不是高高在上与形式主义。

真诚。从人手一本的活动指南、专业播音员的现场直播到工作人员的全程陪同服务，我们没有看到网络上、现实中时常"被喷"的机关公务人员的骄横与张扬，我们看到的是细致、随和与真实。

坦诚。从县委主要领导、分管县领导、相关单位负责人与网民的面对面交流，特别是金书记关于城市建设的"四理"（理想、理念、理性、理解）表述，我们没有看到为官一方者的趾高气扬与装腔作势，我们看到的是平等、谦和与坦荡。

情诚。从如火的骄阳、炙热的大地、汗水湿透的衣衫到活动结束后论坛上精彩纷呈、激情满怀的图片和文字，我们没有看到网友们的随意拍砖与冷嘲热讽，我们看到的是参与者与观贴者的切身感受、深刻理解与大力支持。言为心声，行为心表。真正热爱来安、希望来安未来更美好的人，谁会去怀疑那些赞誉、激情评说不是发自内心的声音？谁会去质疑那些希望、期待不是真实的企盼？

百度"诚"，从言，从成，意谓对待人们要诚实讲信用，不搞鬼鬼祟祟的把戏和阴谋诡计。来安"网民看城市建设"再次印证了，官以诚予民，民则以诚回之；官以诚待民，民则以诚答之。

来自官方的"诚"，发自民间的"诚"，通过网络这一虚拟的平台走向面对面的相识、相知，走向心与心的相通、相融，走向手与手的相携、相持。

"网民看城市建设"，以"诚"为桥，以"诚"为线，让城市梦想不再遥远，让美好蓝图不再缥缈如空中楼阁，让普通民众内心的自豪感、荣誉感、责任感和使命感油然而生，也必将会让更多的人去重新审视、关注、畅想这片热土的过去、现在和未来，进而自觉或不自觉地以一己之心、一己之力、一己之行去理解、支持、参与美好幸福新家园的建设。

官民互动，因"诚"而精彩。希望这样切实为民所需要、为民所接受、为民所支持、为民所乐见的活动越来越多，并注入更丰盈、更厚实的"诚"！

（2012年7月30日于来安）

触电闹丧，心中同情剩几许？

继女子政府办公楼跳楼、民工闹市堵车等"不和谐"行为发生之后，又一起"触电闹丧"事件在地处老城中心的县供电局办公大楼前的主干道上上演。"闹丧"正值上班上学高峰时段，公安、交通等部门不得不紧急调动人员疏导交通，同时启动维稳预警机制。

事件源于一位上有老下有小的中年男子在高压线下钓鱼，他不小心将手中金属材质的鱼竿甩到高压线上，触电身亡。这样的悲剧在来安，在全国各地屡有发生。笔者到来安十多年间，已记不清见过多少次"触电闹丧"之事。死者家属通常身着孝服，打着条幅，把尸体往供电局门口一放，摆上花圈，跪成一片，哭声动天。死者家属要求赔偿数额少则几万，多则几十万。供电局即便无责，至少也得花几万元才能摆平。

水火无情电更无情。这些常识性的知识被有些人忽视了，由此引发的诸多悲剧在让人心生同情的同时难免多了几声叹息。浏览论坛"触电闹丧"的图文，那幅获得2010年度中国新闻摄影"金镜头"最佳新闻照片奖的《挟尸要价》立现于眼前，笔者不得不承认自己丰富的同情心在某些时刻也会荡然无存。

不管黑猫白猫，能抓到老鼠就是好猫。伟人当年说出这句名言时可能没想到其会被深得厚黑之道的国人活学活用，并被不断地异化、庸俗化吧。

只以结果论英雄，而不问其"果"从何"道"而来，不问其"道"合法乎？

合理乎？合情乎？不论有道无道，赚到手里就是正道；不论有理无理，占到上风就是硬理；不论有德无德，爬到高位就是大德。一度销声匿迹的黄、赌、毒等诸多社会丑恶现象借尸还魂，死灰复燃，渐成燎原之势。上学难、看病难、住房难压得社会底层的普通民众几无喘息之力，维持生存与体面生活成为其人生第一要务，奉献社会、回报社会几乎成了笑谈。"笑贫不笑娼""不以恶为耻"等病态的、扭曲的人生观和价值观充斥整个社会各个阶层、各个领域。

女子选择在政府办公楼跳楼的实质是追逐个人利益最大化，其蓄意在诸多媒体面前公开曝光的结局只能让政府曾经试图"花钱买安"的隐忍退让转变为公事公办，并依规依法据实赔偿。民工堵车讨薪的背后是底层民众维护自身权益的无奈，在谴责无良投资商、包工头的同时，几乎无人去真心责怪他们的鲁莽行为。而今"触电闹丧"的主角，或许同样来自于社会底层，他们又能获得多少现场围观者、维稳者和网上潜水冒泡的大虾菜鸟们的理解与同情呢？

正感喟世无常态、人无定势之时，又恰闻小城往事——某位老人身患癌症晚期，自知去日无多便主动撞车而死，获得巨额赔偿留给子孙。

可以敲打脏话吗？知道不能，还是就此打住吧。

（2012年8月于来安）

以不贪为宝

偶于书中看到这样一则小故事。

在春秋战国时期的宋国，有人得到一块宝玉，献于大臣子罕。子罕不接受。献玉者愕然，说："这是块世上少有的宝玉，我费了不少力气才弄到手，今日献上，您怎能不收呢？"子罕说："我以不贪为宝，你以玉为宝。如果你将玉给我，那么咱俩各失其宝。不如我不受你的玉，各得其宝。"

两千多年前的子罕"以不贪为宝"，为官清廉而流芳百世。在新中国成立不久的1952年2月10日，在河北保定体育场，从"开国功臣"沦为"贪污罪犯"的刘青山临刑前遗言："拿我做个典型吧，处理算了，在历史上说也有用。"当记者走近照相时，张子善则喃喃自语："照吧，照个相吧，最后一张了，让后人受受教育……"

开国反腐第一案的两声枪响回声久远，但血的教训并没有能够阻止一些党员干部党性丧失、人性沉沦。他们"以廉为耻"，把手中的权力当成利己工具，专权滥权，全然忘却入党誓词，忘却为人民服务的宗旨，最终腐化堕落沦为金钱和美色的奴隶。20世纪90年代影响较大的有王宝森、陈希同等案件，近年更有胡长清、成克杰、陈良宇、郑筱萸、许宗衡等多名高官被查处。十八大以来，李春城、刘铁男、倪发科、郭永祥等9名省部级官员相继落马。见诸报端网络的县市地方"一把手"、乡镇干部、村官等贪污腐败案件更是层出不穷，严重损害了党和国家、人民的利益。

在犯罪事实面前，一些贪官"一把鼻涕一把泪"地悔罪了，一些贪官始终拒不认罪。滁州市原人大常委会副主任、原明光市委书记张松坚受贿400多万元，竟然声称97%的贿款都是"子虚乌有"，另外3%则是自己的奖金和礼金。他甚至推说当地民风不好，100多人都作伪证"陷害"他，请求二审法院宣告他无罪。江苏省睢宁县水利局原局长张新昌对于收受多位下属钱物的辩解更有"创意"。他在法庭上说："行贿的人都是含着眼泪让我把钱收下的，我觉得我不收就对不起他们。"这样的"贪坚强"们最终成为世人的笑柄。

　　想起一位老领导。他曾帮助一位民营企业家解决了生产过程中的难题。有一天，这位民营企业家执意要来看望他。在企业家告辞下楼后，他才看到桌边放着一个包，立刻明白那是企业家故意留下来的，随即拿起包跑到窗前扔给了企业家。那位企业家后来说出真心话："那包里装了十万元感谢费，从您扔下来的那一刻起，我更加敬重您的人品和官品了。如果您收下了那个包，我对您将不再心存敬畏，而是看不起。"

　　由此看来，"贪廉一念间，荣辱两重天"。心中如能始终"以不贪为宝"，在各种诱惑面前自然会站得稳，立得住。反之，则会心存侥幸，甚至不择手段攫权捞利。

　　留得清名在，口碑胜金碑。作为党员干部，特别是纪检监察干部，我们既要始终坚守为人做事的底线，真正做到"以不贪为宝"，清白做人，干净做事，更要勇于、敢于、乐于同贪污腐败现象做斗争，成为当今时代的表率。

（2013年9月29日于来安）

第四辑

家有宝贝

宝贝，不要为我的远离而忧伤，我的思念撒在每一个角落，我的渴望在风中恣意生长，我的梦想在这片泥土上绽放。来吧，宝贝，梨花盛开的时候，来到我的身旁，踏着朝露，走向那丛林和高冈，沐浴晨曦的温润，触摸真实的荣光；

　　迎着月光，回到那古老的村庄，聆听乡音的呢喃，感受纯粹的善良，点点灯火，或远或近摇曳闪亮。

大 宝

大宝,1997年8月16日(农历七月十四)下午15:30出生,体重3.8公斤,身长50厘米,生肖属牛。大宝出生前,他大姑看着我笨重的身子老是嘀咕,千万别赶在"鬼节"生啊。仿佛感知到了这些,大宝终赶在"鬼节"前一天来到人世。

大宝周岁纪念(摄于1998年8月)

对于我给大宝起的双姓名字,公公起初不同意,要求按家谱起名。但祖籍安徽潜山的夫家家谱续至何代无人知晓,亦无人能亲去寻踪问祖。最终,大宝的名字被众人接受。

小 宝

小宝，2006年1月26日（农历腊月二十七）下午17：30出生，体重3公斤，身长50厘米，生肖属鸡。在乡村辞旧迎新的鞭炮声次弟响起的时候，小宝的到来让残缺的家庭有了某种意义上的圆满。也许，这就是命定的缘分吧。

小宝乳名虹玉，是我叔叔起的名字，名（命）中有"虫"有"玉"，寓意她一生不得挨饿，如同宝玉般珍贵。小宝学名"文悦"，承载着我们希望她能幸福快乐成长的美好愿望。

小宝五个月纪念（摄于2006年6月）

这肉好吃，我要！

1999年春节过后，休完一年半产假（当时单位有政策，只拿基本工资，不参加分工和签到）的我带着宝贝回到乡政府上班。

因为是上班第一天，单位食堂没有开伙，乡党委书记邀请同事们晚上在他家吃饭，本想回县城的我也在被邀之列。

我于是抱着宝贝到了书记家，书记夫人和食堂的老大姐正在忙碌地准备晚餐。宝贝的眼睛从进厨房那一刻起就盯着摆满了佳肴的小方桌，鼻子和嘴巴同时翕动起来。我放下宝贝给她们打下手。宝贝站在桌边，闪亮亮的眼睛在菜肴上来回扫视着。我们都明白了宝贝的心思。

书记夫人首先开口："小杰，喜欢吃什么？喜欢的就自己拿吧。"我忙阻止："不行，等上桌子时再吃哦。"听到我的话，宝贝顿时一脸的不高兴。

书记夫人在旁边看得清楚，笑着说："不要紧的，小杰想吃什么就拿什么。"

我没办法，眼睁睁地看着宝贝一只手扶着桌沿，一只手伸向了那满满一盘子切好的咸猪肉。我以为他会拣瘦肉，而他竟毫不迟疑地用两个手指夹起一块大肥肉，塞向自己的小嘴："这肉好吃，我要！"

目瞪口呆的我看着他很快就吞下了三块大肥肉。当他第四次向那盘肉下手的时候，我当机立断抱起他："不能再吃啦，你把老方家的人都丢尽啦！"

宝贝在我怀中使劲儿扭动着身子："妈妈坏！妈妈坏！"

深感难为情的我真担心宝贝上桌吃饭时会有"更精彩"的表现,便抱了宝贝坚决拒绝了书记及其夫人的挽留,坐上晚班客车回县城了。

哎,宝贝只顾享自己的口福,哪里懂得照顾当妈的面子哦。

看你还想把我的东西拿走不？

一周岁多的宝贝漂亮聪明，在我的单位是颇受欢迎的，同事的孩子们都喜欢来找他玩，宝贝也很乐意和他们一起玩。我的小屋里常常挤满了孩子。

宝贝带的玩具、小书更是孩子们争着想拿到手的。一天，我正在忙着做自己的事，一个比宝贝小点的女孩儿忽然惨叫起来，吓了一大跳的我赶忙转过身看，只听宝贝连声说："看你还想把我的东西拿走不？"

女孩哭着把她的小手递给我看："我没想拿走，我只是想看看的。"

看着她细嫩的小胳膊上留下的一排深深的红红的齿痕，我气愤地打了宝贝一巴掌，并教训道："你怎么能咬人呢！"

感到委屈的宝贝哭了起来："她就是想拿走的，想拿回家的，我知道，我早看出来啦！"

宝贝的这一招儿让其他孩子再也不敢有什么不好的念头，谁想把宝贝的东西拿回家玩就主动和宝贝协商。

宝贝不光对他自己的东西严加看管，如果家里来人了，他便会时不时的出现在来者身边，走的时候更是不放过任何疑点，严防家里的东西流失。

Pig 好可爱！

两岁多的宝贝聪明可爱，在我的引导和教育下，会说一些简单的英语单词。 我给他买的一本幼儿学英语小书总是被他拿在手上翻来翻去，遇到一些物品，他总是问我用英语怎么说。

曾经很喜欢英语却丢了很多年的我面对求知欲很强的宝贝常常有种黔驴技穷的感觉。

在那本英语小书里，有幅小猪洗澡的画儿他最喜欢。可爱的小猪坐在澡盆里，手舞足蹈着，溅起的肥皂泡儿飘在空中，落在地上。宝贝总是看着那幅画儿肆无忌惮地大笑大叫："Pig,Pig,好可爱哦！"以至于他走在路上每想起Pig也会旁若无人地笑起来。

一天，宝贝的大姑带他去老姑家玩，恰好宝贝的老姑正坐在红色的大塑料盆里洗澡。宝贝当即边笑边喊："Pig,Pig,好可爱哦！"

宝贝的老姑不懂英语，不解地问道："小杰，你说什么啊？"

宝贝的大姑忍不住了，也笑起来："还问说什么呢！"

宝贝的老姑明白"Pig"的意思后更是哭笑不得。

Tomato

中午带宝贝在乡政府食堂吃饭。几位同事坐在桌边等着上菜开饭。

师傅端来一盘鸡蛋炒西红柿放在桌上。

宝贝脱口而出："Tomato。"

一位年龄大的同事听到后故意绷起了脸："小杰，你怎么说起粗话来啦，不讲文明。"

我笑着解释："小杰说的是英语，西红柿用英语说就是Tomato。"

同事也呵呵地笑起来："老奶奶了，不懂英语呢。那我考考你，小杰，苹果用英语怎么说？"

"Apple。"

"香蕉呢？"

"Banana。"

"小杰真聪明，会这么多英语啊！"

宝贝自豪地扬起头："是妈妈教我的。"

我就要原来的蛋！

有一天，我没来得及吃早饭，待中午下班到家，已快饿晕了。进门看到客厅桌上有几个贴着"喜"字的鸡蛋，我便三下五除二剥了蛋壳就囫囵吞了两个下去。

正在我被蛋黄噎得两眼直翻的当儿，宝贝进来了："那是我的喜蛋，是大姑给我的，谁叫你吃的，你赔我！"

啊?! 我一下子愣住了。这还了得，我不就吃了两个鸡蛋，竟然还要我赔！但自觉还是有些理亏，那毕竟是人家大姑送给他而不是送给我的啊！

"那，那我重新煮给你。"

"不行，我就要原来的蛋，你没看到贴着'喜'字吗？"

没看到怎么会知道是熟的，还拿起来就吃呢。我放低姿态："那煮熟以后再把字贴上不就行了。"

"不行，就不行！我就要原来的蛋！"

在水井边洗衣服的宝贝大姑听到了，走进来说："小杰不闹了，我明天再去找人家要几个给你。"

这孩子怎么这么不讲理，都吃进肚里了，我能吐出来？我有些来气，请他大姑先出去，然后转向宝宝："你身上的衣服是谁给你的？你吃的喝的是谁给你的？你上学买玩具又是谁给你的？妈妈吃你两个鸡蛋不行吗？你这样是不是太自私了？自己到一边站着想想去，你这样对不对，想好了告诉我。"

宝贝站在走廊下抽泣着。他大姑还在说找人家要鸡蛋给他之类的话,被我阻止了,我让她也别理宝贝。

我继续做我的事情。约摸十多分钟后,宝宝走进了厨房,低着头:"妈妈,我错了。"

猴子爬山

今晚的下饭菜是小杰爱吃的红烧海虾。一大海碗的海虾一半儿都被他承包了。吃完饭后，他是照例里里外外晃晃悠悠绕个几圈，在我的一再催促下才去写作业。

在写作业之前，宝贝又提出来要搂我一下。

我洗净了手，等着他来搂。看他的小脑袋紧贴着我的胸口，贪婪深情不舍的样子，真不忍心立刻推开他。

搂过后，宝贝又要玩猴子爬山——这是他今年四月份去琅琊山玩

大宝在琅琊山（摄于2005年4月）

时整出来的新游戏。在这个游戏中，我成了山，他就成了可爱的小猴子。

不想让宝贝失望，我只好挺直了身体站着。宝贝的双腿紧紧地缠着我的小腿肚，双手搂着我的腰部，一副努力向上攀登状："哎哎呀，这座山怎么这么难爬哦，山坡上开满了粉红色的玫瑰花，还有两座突起的小山峰！"

　　我整个人晕了！我今天穿的是件土黄色底的碎花中袖棉布旗袍，旗袍上点缀的淡粉碎花儿成了玫瑰，我的乳房成了小山峰。哭笑不得的我一下子把小猴子给甩下了山："晕倒！你要是在写作文时能这么充分发挥想象力就好了！"

（2005 年 5 月 18 日）

挖一个真的珍珠给你

"三八"妇女节的时候,宝贝文杰非要用他的压岁钱买礼物送给我。我拗不过他,只好按他的要求从他的压岁钱账户里取五十元钱。

我问他准备送什么礼物给我。他说:"保密。"

取完钱后,宝贝拉着我的手到了玲薇鲜花店。在买花时,宝贝不要我帮忙,小小的身躯在大孩子们的胳膊缝里挤来挤去。宝贝挑好了花,便让店主给包扎好。

付了钱后,宝贝从店主手里接过鲜花递给我:"妈妈,节日快乐!"

"谢谢宝宝,妈妈真开心!"

随后,宝贝把剩余的钱装进裤子口袋里,拉着我的手走出花店。

"妈妈,你猜猜我们这下要到哪里去?"

"不知道啊!"

"白云商场。"

"做什么?"

"我要再买一样礼物送给你。"

"不要了,你有这份心意就行了,钱留着你自己买书看吧。"

"不行! 这是我自己的钱,我有决定权的。"

"算了吧,等你以后拿工资再买给我吧。"

"不行嘛! 我就要买!"

争论着,不觉已到了商场里。宝贝在银饰品柜台前停下,踮起脚趴在柜台上说:"我要买一枚银戒指送给你,我那次看外婆买后就想着以后也要买给你。"

我想起在这之前,宝贝曾不止一次地说过:"外婆金、银、玉的什么都有,妈妈没有,我以后要给妈妈买,项链、手镯、戒指都要给妈妈买齐了。"每次听后,我都会和宝贝笑闹一翻,从没当真过,没想到他倒这么认真地记在心里呢。

还是拗不过他,我只得和他一起挑。

宝贝看中了一枚漂亮的镶着珍珠的银戒指,说:"妈妈,这个好看,就买这个,打折后钱刚好够。"

营业员笑着从柜台里拿出戒指来递给我,一个劲儿地夸宝宝真可爱,真懂事。

宝贝看着我戴上戒指:"妈妈,你要天天戴着啊,不许摘下来。"

自那以后,这枚戒指就一直戴在我的手上。随着时间的推移,洗衣、刷碗等的磨损,珍珠渐渐露出它的真面目,色泽逼真的镀膜脱落了些,露出白色的塑料制品本色。

吃晚饭时,我让宝贝看看手上已被毁了容的戒指:"这戒指戴着不太好看了,珍珠是假的哦,妈妈先收藏起来留着做纪念吧。"

"好的。妈妈,广州那儿有大海吗?"

"有啊。"

"那就没事了。等放暑假到老舅那儿后,我们就到海边去找珍珠蚌,挖一个真的珍珠给你,把戒指重新镶上。"

"啊?!"我和宝贝爸差点喷饭。

"好啊,好啊!到时候我们就带你去海边找珍珠蚌哦。"

(2005年6月2日)

纠　错

　　一直没怎么留意宝贝写字时的姿势，等别人提醒时才知道宝贝拿笔的姿势太与众不同了。宝贝写的字与他漂亮的外表太不相称了。想想都是我这个当妈的平时对他关注不多，要求不严造成的。我再仔细观察，发现宝贝还有其他一些不良习惯，于是几日前痛下决心要严加监管，帮他改正缺点。为此，我给宝贝两天的时间查找他存在的缺点并限期改正，验收合格后给予奖励。

　　下面便是宝贝自己查找出来的缺点及改正计划书。

　　经过认真思考，我发现自己存在以下缺点：

　　1. 拿笔姿势不对。以后要慢慢憋着用正确的姿势写字，习惯了就好了。

　　2. 吃饭的时候喜欢看电视。以后吃饭的时候除了科学以外的电视节目绝不看。

　　3. 字写得丑。以后要认真写，努力把字写好看些。

　　4. 写作业时不专心，喜欢玩别的东西。以后要专心写作业。

　　5. 任性。以后再也不任性了。

　　6. 乱花钱。以后要学会节约用钱。

　　7. 乱扔书本和废弃物。以后看过书就放回原位，果皮等废弃物要扔到纸篓里，养成良好的生活习惯。

8. 经常咬人。以后我永远不咬人了。

9. 喜欢趴在地上。以后不能趴在地上了,好让爸爸妈妈少洗些衣服。

10. 喜欢乱贴乱画。以后不能在墙壁桌椅等地方乱贴乱画了。

11. 不洗手就吃东西。以后要养成吃饭或吃其他食物前后洗手的好习惯。

12. 爱吃零食。以后少买零食吃,养成不挑食、每餐必吃的好习惯,使自己发育更好、个子长得更高、身体更壮!

以上各点我从今天起要努力改正,由爸爸妈妈监督。

（2005年6月6日）

那你怎么还做琪雅

家里的宽带要到期了,我害怕宝贝迷恋网络游戏,便想把它停了,但以前又答应过暑假中给他玩泡泡堂游戏的,怎么能让宝贝既接受我停宽带,又不至于让他认为我说话不算数呢?

几经考虑后,前两天在放学回家的路上,我对宝贝说:"等宽带到期后,我们就不用了吧。因为每个月得70元包月费用,一年就得840元了,我们家盖房欠的债还没有还清呢。"

"啊?不用啦?!那我不就玩不到泡泡堂了吗?"

"是的,可是你想想我们把那钱省下来就能还一笔账了呀。"

"哦。"他一边嘟囔着什么,一边只顾往前走,把我远远地甩到了后面。我知道他有点不乐意了。

第二天,他似有意无意地说道:"唉,我生日那天,我同学就不能到我家看我展示电脑才能了。"

"哦,是吗?"我不敢多说什么。

"我前几天就跟他们说了,等我生日那天到我家聚的,那得改地方啦。妈妈,那到你办公室去可行?"

"好的,行啊。"

"那就叫他们到十字街等我了。"

我未置可否。

昨天中午,我正睡得迷迷糊糊,听见宝贝在外面自言自语:"时间到了,我要上学去了哦。"

我睁开眼,叮嘱他靠路边走。

宝贝背了书包走进我睡觉的房间:"妈妈,那你怎么还做琪雅啊?"

"啊?什么啊?"睡得迷迷糊糊的我一时没明白宝贝的意思。

"琪雅的费用要比上网的费用多啊,你怎么还做护理啊?"

我这才明白了宝贝的用意。他这是指我自相矛盾呢——上网浪费钱,做护理不更浪费钱吗?!哎,我怎么也没料到宝贝会拿这个来抵我的"象眼"!

"那你希望妈妈变得又老又丑啊?"

宝贝没有回答。自觉理亏的我只好说:"那等我把这买过的产品做完了就不做了,行了吧?"

宝贝点点头:"那我上学去了,妈妈,再见。"

(2005年6月15日 晴)

我真烦生活在这样的家庭里

宝贝先天性缺钙,导致喉软骨发育不良,从出世二十天起就开始补钙。

晚上吃完饭,我照例一遍遍地喊宝贝喝葡萄糖酸钙锌口服液。他终于懒洋洋地走向电话机旁拿钙锌口服液。小手还没拿到东西,嘴里却嘟囔着:"我真烦生活在这样的家庭里!"

一屋子的人都被他这句话给说愣住了。

"怎么啦?你怎么能说出这样的话!"我真的感到好委屈。

"一会让我喝这个,一会让我喝那个的,真烦人!"

"不是你自己说在学校跑步跑不过人家,做仰卧起坐都做不起来,人家嘲笑你的嘛,我们还不都是为了你好。"

宝贝不吭声儿了。

"那好吧,你既然烦,你就下乡吧,到你奶奶家去,给他们放牛,干农活儿,让你晒成个黑孩子再回来。"

宝贝把钙锌口服液喝完了,仍不吭气儿。

我们的教育方法是存在着问题的。老公不管宝贝,我也缺乏足够的耐心。宝贝表现得不如意时,如果正碰到我心情不好,那宝贝就会遭到一顿急风骤雨般的训斥。小小年纪的宝贝怎么能接受得了呢?有时,宝贝竟然还会挑出《家教世界》里的文章让我看,批评我的教育方法不对头。

面对聪明、有点叛逆的宝贝,我们是得多从自身找找原因了。

(2005年6月29日 晴)

我希望自己是白云！

吃过中饭，上楼，我习惯性地靠在床上看会儿书。

小杰在屋里东翻西弄，忙个不停。他一会搭积木，一会拿手工作品，一会看《家教世界》。小杰的表姐也上了床。我们都沉默着各忙各的，冷不丁地听小杰冒出一句："我希望自己是一片白云！"

"啊?!"我吃惊地叫了出来，宝贝怎么突然说这个，还这么诗情画意的。

"为什么啊?"我问。

"能悠闲地在天空里飘来飘去。"

我不由得想起自己小时候常看着小清河的水，希望自己是水中的游鱼，看着湛蓝的天空，希望自己是天空的飞鸟。于是，我故意说："我希望你是小鱼儿，可以在水中自由地游来游去。"

"我可不希望，我害怕有人钓我。"

"那你不能拒绝鱼饵的诱惑啊?"

"我就希望自己是白云，可我又不想让飞机从我的身上飞过，我讨厌飞机！"

这可真难了！飞机怎么能够不从白云身上飞过呢。我想告诉宝贝，白云不能永远是白云的，在一定条件下，它会转化为雨，转化为雪，转化为冰雹，也会变为乌云……

怀念是春天的草

想想宝贝还小，有许多道理不是一下子就能明白的，时间会让他长大，会让他明白更多的。

（2005年7月5日 星期二 晴）

美元留着到美国用

宝贝又在翻找写字台柜子里的报纸——刊登过我的文章的报纸。那个柜子里除了报纸还有不少其他东西。

"妈妈,你怎么有这么多证书啊!"

"那是妈妈努力工作得来的,你以后也会拿到很多的。"

"妈妈,我的美元被你收在这儿呢,怪不得我以前到处找都没找到。"

宝贝所说的美元是开酒瓶得来的,原先散放在抽屉里,后来都被我集中放在一本证书里。

"妈妈,这些美元留着别用哦,给我以后到美国用。"

"啊?!"我没想到儿子什么时候改变了主意,竟想到要去美国了。

记得在他刚上一年级的时候,有朋友逗他,让他以后找个外国美女做老婆。

我正想责怪朋友瞎说什么呢,怎么能拿这么小的孩子开涮,可万万没想到根本没容我开口,宝贝就接上话茬了:"我才不要外国人做老婆呢,她说话让人听不懂的。"

听罢宝贝的回答,一屋子的人都大笑起来。我却有点笑不出来,不知道小小年纪的宝贝是怎么知道老婆这个词儿的。

"好啊,我把美元收着,给你以后到美国用。"我不想告诉宝贝等到他长大后那些美元不知道还能不能用。

有梦想就好!

在宝贝上二年级的时候,语文老师让他用"希望"这个词造句。宝贝站起来自豪地回答道:"我希望自己以后能考上清华大学,找个好工作,然后带爸爸妈妈到香港旅游。"后来,他的语文老师看到我们就说:"小杰很聪明,有志气,是名牌大学的苗子。"

"王芳姐姐,你快看这些报纸,这上面都有我妈妈写的文章呢。"翻着报纸的宝贝欢快地喊着他的表姐,"这一篇就是《孩子,不是妈妈想走》。"

"呵呵,那篇文章发表后,有次我读给小杰听,他边听边哭。问他怎么哭了,他说是感动的。"

"真哭啦?"王芳问。

"人家是真被感动的嘛。"宝贝有点不好意思地答道。

(2005年8月3日 星期三 晴)

还有三篇作文没写

昨天,宝贝的二姑爷来城里卖西瓜,直到晚上,一拖拉机的西瓜才卖完。

今天早晨,我还躺在床上,迷迷糊糊地听见宝贝进了我的房间。宝贝轻手轻脚走到床边,趴在我的耳边说:"妈妈,我还有三篇作文没写呢,二姑爷他们今天回家,我想跟他们一道去乡下。"

我明白了宝贝的意思,他是要到乡下找写作文的素材呢。

"你问你爸吧,他要是同意的话,你就跟着一道去。"

"好的。"

等我起床后,宝贝已经走了。听他爸说书本和衣服什么的都是宝贝自己收拾的。

宝贝真的长大了,越来越懂事,也越来越让人少操心了。

(2005年8月5日 星期五 雨)

今天可险啦

　　两天没听到宝贝的声音,真的想他了。

　　晚上八点多,我打电话到宝贝二姑爷家,宝贝正在吃玉米棒儿。等到他来接电话,我还没来得及说话,他就急急地告诉我:"妈妈,今天可险啦!"

　　"怎么啦?"我心里一惊。

　　"我穿着红衣服的(是我给他买的那件红色T恤),老牛看到我后直向我冲来,幸好**(没听清)一把把我拉了过来,没撞着我。"

　　"哦,那你可有了写作文的素材了。"

　　"呵呵,是啊。"

　　"能写完吗?"

　　"能。"

　　"那你自己得小心些哦。"

　　"知道了。"

　　我知道宝贝肯定能照顾好自己,也会完成作业的。

(2005年8月7日 星期日 雨)

妈妈，你打我的屁股吧！

天还没怎么亮，大宝小杰就醒了。

睡得正香的我只听他在身边叨咕着："妈妈，别再睡了，你今天就走了，我们好好在一起聊聊吧，老睡觉有啥意思啊。"

我只得说："好吧。"

小杰一会儿搂搂我的脖子，一会儿捏捏我的腰："妈妈，你真的比以前瘦些了噢。"

"怎么说？"

"我横着捏都捏不到肉肉了，只有竖着捏才能捏到一点儿呢。"

"哦，可能是瘦些了吧。"

"你真的像爸爸说的那样，想苗条不吃晚饭，都成仙了哦。"

"我什么时候不吃晚饭啦，只不过吃得少些，不让自己吃多吃胀嘛。"

闹腾了一会儿，小杰突然提出："妈妈，你打我屁股吧，你这一走要一个月才能回来，我会好想你的。"

"那打屁股做什么？"

"留下深刻印象啊！"

"啊?！好的，好的，那我可就打了哦。"于是我在被窝里一巴掌接一巴掌地拍打着他的小屁股。

小杰快乐地笑着叫着："再打重些。"

"那我打你的小脸蛋吧。"

"好。"

我又用左右手轻轻地拍打着他的小脸蛋,看他的小嘴儿被挤得鼓出来能挂着个瓶儿的样子大笑不已。真不知道小家伙怎么会想出这么个主意儿。

在我的催促下,小杰不得不起床去上兴趣小组的习作课。

"妈妈,我是放学了就回来看你最后一面,还是和同学们玩过后再回来呢?"

"放学后就回来吧,回来迟了我是不能等你的。"

"好吧,我一定要见你最后一面,要不然得一个月后才能看到你呢。"

"好的,我等你。"

上午洗完澡,交了电话费后已十点多,想起应该在走之前带小宝虹玉去打卡介疫苗,便急忙和妈妈去了防疫站。到防疫站后才知道卡介苗不是随到随打的,只在周四才打。随后,我便询问办疫苗本的事情。幸运的是上次那个要我从医院开证明的老医生不在,值班的年轻女医生也许是听我说要赶时间到合肥,并没有要我拿什么材料便同意帮我办理了。这真出乎我的预料。

在家等到了十一点多都没见到小杰的影子。哎,小孩子最终还是抵制不了玩乐诱惑的,早把答应妈妈的话抛到了脑后。没办法,我只好坐车走了。

这一走要到清明后才回来。

(2006 年 3 月 11 日 星期六 阴)

我要减肥

天真烂漫的孩子总会让家庭充满意想不到的乐趣。

这不，不想多吃饭或者是吃自己不喜欢的食物时，三岁的小宝就会说："我现在胖了，我不能再多吃了，你们看，我的体重比以前增加了，我要减肥。"

（2009 年 8 月 19 日）

孙悟空没有手机

作者的侄子和小宝（摄于2009年春节）

小宝很喜欢看电视连续剧《西游记》。

农历大年初一的早晨，她一睡醒就让打开电视看《西游记》。剧集结束了，她哭喊着让爸爸换电视频道找《西游记》。

爸爸说："我刚才打电话给孙悟空了，孙悟空说他已经回家庆祝新年了。"

小宝满眼含泪："不，你骗人的，孙悟空没有手机。"

（2010年2月22日）

我就躺在爸爸床上哭

中午,家人围坐在餐桌旁吃饭。

三岁的小宝仍在客厅里跑来跑去的,只顾自己玩。

大宝喊:"妹妹,你快点来吃饭,不然,我吃完后就和妈妈睡在一个房间了。"

小宝头也不抬,撇着嘴说:"我就躺在爸爸床上哭,一切就会好的。"

(2010年3月4日)

今晚不开心

又是一个让人闷热得抓狂的夜晚，更恼人的是电压不稳定，老是断网，空调运行不起来。

"我今晚不开心。"小宝突然冒出一句。

"为什么?"我很吃惊地问她。

"因为外婆在搂着月月。"

月月是我妹妹的女儿，昨天才和她妈妈从杭州回来。

今天，妹妹回老家办事情，把她留了下来。月月晚上总是和外婆待在一起，并睡在外婆旁边。

小宝有些嫉妒了，她总想着要把月月和外婆分开，好让自己也能挨着外婆睡觉。但是月月一次次用眼泪挫败了她的计划，小宝只得躺在电脑桌旁边的凉席上闷闷不乐。

小宝和月月(摄于2011年2月)

（2010年8月4日）

你的妈妈在滁州

大宝杰是他爹奶的长孙，也是我爸妈的长外孙。在杰小的时候，两边都对他宠爱有加。

大弟家的其超出世后，年方三岁的杰认为其超夺去了外公外婆对他的爱，自小就不喜欢这个弟弟。

而现在，小宝玉比当年的杰更有过之而无不及。她竟然不喜欢，甚至不让杰喊我妈妈。我们多次告诉她，哥哥和她都是妈妈的宝贝，是一家人，要互相爱护，但收效甚微。

杰就经常故意和我亲热戏谑玉。玉气恼不已，甚至大哭："这是我的妈妈，不是你的妈妈，你的妈妈在滁州。"

杰逗她："那我妈妈漂亮不漂亮啊？"

玉答："你妈妈不漂亮，又黑又丑。"

"那你妈妈呢？"

"我妈妈好漂亮。"

住在滁州的时候，玉又会和杰争妈妈："你妈妈在来安，不在滁州了。"

大宝和小宝（摄于2006年9月）

我和杰常被她的霸道、固执己见整得没招儿。

（2010年）

会吃拉肚子的

杰是今天中午才到滁州新房的。

傍晚,杰问:"大百科(书店)什么时候开门?"

我答:"应该九点吧,一般都在这个时间。"

正在另一边收拾东西的妈妈说:"会吃拉肚子的,大排档不能吃。"

我大笑,告诉妈妈:"杰说的是书店,名叫'大百科',不是大排档。"

(2010年10月1日 星期五 晴)

小熊，你在哪里？

难得的周末。

我在院子里边悠闲地晃荡着，边照看独自玩耍的玉。

水井旁边的水磨石平台上放着一只恐龙玩具，玉看到了，便左手扒着平台边沿，垫起双脚，伸出右手努力地去够恐龙玩具。她够了几下也没能够着，便喊我过去拿给她。

嬉戏（摄于2012年7月）

恐龙玩具到了玉手里，她又想起了小熊玩具，便四下里找寻。她边找边唠叨着："小熊，小熊，你在哪？你快点出来，我不能像你那样钻洞里的。"

（2010年10月10日 星期日 晴）

小杰哥，你没洗手

正在吃中饭的时候。

玉突然说："小杰哥，你没洗手！"

小杰回道："我洗过了！"

玉说："没有，你的手不凉，手上没有水！"

（2010年10月11日 星期一 多云）

我到妈妈床上做窝去

上班临走前,我对女儿说:"宝宝,妈妈上班去了,你在家要听外婆的话。"

女儿说:"哦,妈妈走了,我到妈妈床上做窝去了哦。"

我呆了……

女儿接着又唱了起来:"我是一只小老鼠,小老鼠……"

(2011年1月24日)

我还小，不会做饭

听说小宝要跟她爸爸下乡，我妈妈在隔壁屋里说："虹玉，不要去，在家给外婆做伴吧。"

小宝立马回答："我还小，不会做饭，不会洗衣服。"

我大笑……

小宝把"做伴"听成了"做饭"。

惩罚与奖励

我走进儿子房间,看见他正趴在床上看报纸。

"大宝,什么时候期末考试啊?"

儿子挪动身子,脸朝上,报纸挡着大半个脸,做痛苦状:"我好伤心啊! 妈妈这么不关心我,竟然不知道我什么时候考试……"

我惭愧不已,明显没了底气:"是明天吗? 好像听你说过25号,25号是放假还是考试啊?"

儿子拖长了音调,又做悲痛状:"妈妈太不关心我了,作为惩罚,给我五块钱。"

我哑口无言,只得认罚。

"今天上午考试全部结束了,下午要和几个同学去帮老师批改试卷。"

我回到自己房间,翻遍了包包,只找到一张十元零钞。我递给了儿子:"晚上回来,你得找我五元。"

儿子接过钞票,嬉笑着:"不找了,等我拿奖状回来,你还得奖励更多呢。"

"那等你拿奖状后,奖励中得先扣掉这五元哦。"

(2011年1月24日)

同学聚会归来

同学聚会归来,我和儿子闲聊聚会趣事。说是闲聊,其实我也是别有用心,防患于未然。

一位多年未见的同桌的爆料让我惊诧不已。

她说曾于饭桌偶遇一男同学,谈及当年,说不记得坐我们后面第二排的是哪两个了。

那男同学说,就是我啊。

那另一个呢?

是×××,他没等到毕业就退学回家了呀!

为啥退学?

他非常喜欢你同桌×××。有次我们说他晚上做梦都喊×××的名字。他吓得跑回家不上学了。

听罢同桌的叙述,我很是无语。这么多年了,我还是第一次知道自己竟然在不知不觉中断送了一个学子的前程。

另一男同学跑到我旁边坐下,盯着我说,你老公怎么把你骗到他那里去的?你回去告诉他,就说我要和他喝酒,四十年了,告诉他那时我太小,不懂,要不然不会让他把你给骗去……

我默默地看他严肃的样子,心里边捉摸着他的酒量,边想他是不是真的喝醉了。

离开老家后,曾听在中学教书的表姑说有个男生去找过我三次。至今我也不知道那人是谁,这永远成了一个谜。

　　曾经沧海,物是人非。当年的我一心只读圣贤书,纯粹透明得如同玻璃。琼瑶、岑凯伦的言情小说风靡校园内外,却被我视若毒草,只看古今中外的大家名著……

　　我只顾东一榔头西一镢头地唠叨着。儿子冷不丁问道,妈妈,你当年是不是校花一个呀?

　　啊?就你老妈这长相还校花啊!丑鬼一个!我上大学时常自称"丑鬼"!看看老妈那些早恋的同学,唉!上大学之前,还是不谈恋爱的好。

　　儿子答,我不会谈恋爱的,以后也不要结婚,就一个人过,当单身贵族!

　　啊!我张大了嘴巴,停顿了一会说道,没什么,老妈能理解,当年老妈像你这个年纪还对你外婆说过要独身,要出家为尼呢……

(2011年2月9日)

再不变，就成人妖了！

这些日子，因为工作，我常常是早出夜归，和儿子见面说话的机会少多了。

今晚，我回家早些。进门换鞋子时，听儿子在和外婆说话。

儿子的声音沙哑得很。我有些纳闷，便问："大宝，你感冒了吗?"

儿子抬高了声音："什么呀，哪里是感冒，再不变，我就成人妖了。"

原来是儿子变声了。眼看着儿子的身高直往上蹿，已高出我不少，儿子已不是小小孩了。

儿子皮肤不像他爸那么黑，小时候就被人误当成"千金"过；长大了，声音仍像女孩般尖细尖细的。春节前，儿子在街上买东西时，还被不认识的人称呼为"胖丫头"。

班里也有同学戏谑他，说他是不男不女。

变声了，可算是个大男孩了。

儿子心里一定很高兴。

（2011年3月28日）

外婆，我好喜欢他！

吃晚饭时，我母亲讲起下午从老家回来路上发生的事。

快到滁州时，一个小伙子上了客车。六岁的玉一直盯着小伙子看，随后冒出来一句："这个小帅哥真漂亮，个子长得高高的，外婆，我好喜欢他！"

我母亲当即被雷得无言以对。

听母亲说完后，我也被雷晕了。这个活泼好动，性格外向，至今在学习上尚未开窍的女儿，长大后会怎样？

可以肯定的一点是，玉会比杰让我烦神得多。

选择了，就得承担。即便烦神多，我也要努力让她在成长过程中，更多些快乐，多些幸福的感觉。

（2011年6月15日）

Live alone

"Live alone"是儿子在一篇英语作文中写的一句话。

老师看后说道:"小杰,你长大后还准备打一辈子光棍啊!"

"不是光棍,是单身贵族。"儿子一边回答老师的话,一边在心里嘀咕,老师,你怎么把我看得这么透啊!

听儿子说完这个发生在课堂上的趣事,我说:"你 Live alone, 你老妈Dance alone with the wind , 我们都alone啊!"

(2011年6月16日)

你要看100次！

午饭后，儿子来到我的房间，愤愤地说："昨天下乡遇到一个人，和爸认识的，竟然说我理化要被扣去46分，语文要扣30分，又是什么什么，到最后，我也不想和他辩解了，保持沉默。"

我笑："不理他就是了。自己有把握进育才班吗？"

"滁州一中的实验班是进不去了，来安育才班应该能上的。"

我看着儿子的脸蛋："呵呵，你脸上的肉肉是比以前少多了，不那么胖了哦。"

"还不胖呢，你看我的毕业照，脸上还是那么多肉，郁闷死了。"儿子说完就跑下楼去拿他的毕业照。

毕业照上，儿子穿着红色短裤运动衫，很阳光的男孩。

我正和儿子玩闹，女儿进来了，立马抗议："不许搂小杰哥哥！"女儿看到他哥哥的照片，马上说："我也

作者和大宝小宝（摄于2013年2月）

有照片。"说完,女儿跑下楼。

不一会儿女儿把照片送到我手中。照片上,孩子们清一色的黄色幼儿园园服亮晕了我的眼睛,一时找不着哪个是女儿。

儿子指着照片:"是那个个子矮的。"

照片上的女儿皱着眉毛的小脸差点被前面的同伴遮住下巴。

女儿指着照片上后排的一个微胖的男孩说:"这个是胡锦涛(音)。"

我和儿子惊讶:"啊,还有叫胡锦涛的,不会吧?"

女儿非常肯定:"就是胡锦涛。"

我和儿子同时感叹着:"怎么会起这么个名字啊。"

"可能是外号呢。"儿子说。

我把照片递给女儿:"都出去吧,老妈要休息一会了。"

女儿不愿意,硬把照片往我手里塞:"不行,你要看100次!"

"为什么啊?"

"你看小杰哥哥的照片看了100次的,也要看我的100次。"

没辙,我只得将照片拿在手中。照片朝下再朝上看一下数一次,儿子也一起数。数到5次,便递给女儿:"够了,100次了。"

"骗人,没有100次!"

"我看杰哥哥的也是这么多次……"

女儿仍不愿意。

头大了!我不由得火道:"不闹了,头都被吵痛了,都给我出去吧!"

女儿站起来。儿子下了床。两个一高一矮的小人儿往外走去。

"请把门关上。"

儿子随手带上了门。

(2011年6月18日)

天涯何处无芳草

下班途中，我和另一单位的同行闲聊起各自的孩子。

同行笑说他的儿子淘气得很，曾经跟他说过班里有不少同学早恋，上晚自习的时候，他的儿子时常故意跑到操场上转转看有多少对同学在谈恋爱，然后去通风报信……

大宝倒从未跟我谈起过他们学校里有关早恋的事儿。

大宝上初中的时候，曾经和我聊起过"Alone"的话题。我从未担心过大宝上高中后会早恋，但听同行说过后，我心里有点不踏实了。

趁着中午吃饭的时候，我便问大宝，"你们育才班可有同学之间早恋的啊？"

大宝抬头，有点好奇："老妈，你怎么突然问起这个啊？我们班男生没有一个早恋的。"

我有点不相信："你怎么能那么肯定，怎么会没有呢？"

"老妈，你可听说过我们班男生中间早就流传的顺口溜？"

"我哪里听说过什么顺口溜，你说来老妈听听。"

"天涯何处无芳草，何必就在本班找，本来数量就不多，何况质量还不好。"

"我晕，你们班男生怎么这样编女同学的段子啊?!"

"我们班女生姑且不说长得漂亮不漂亮吧，但个个象女汉子哦。"

"啊？那也不能这样说吧。你们班女同学知道吗?"

"知道啊。她们才不在乎呢,连我们陈老头都知道,还骂过我们呢。"

"怎么骂的啊?"

"你们这些小兔崽子们,怎么能这样说你们的女同学……"

……

（2013年9月）

后　记

　　早在2011年春末，我的一位敬之若父的老领导——原滁州市政协副主席、滁州市工商联主席李晓秋先生，就对我说："道琼，把你写过的文章整理出来，我帮你出本书。"我知道老领导是认真的。自从我2003年调到来安县工商联后与他相识，无论是在工作上，还是在其他方面，老领导一直像慈祥的长辈对待晚辈那样给予我无私的关心和帮助，这份恩情一直埋藏于心无以回报，我怎么可以再烦劳他老人家呢？后来的几年中，老先生又多次提及，让我深感汗颜，若再不将旧文整理出来的话着实辜负了他老人家的一片关爱与善意。

　　2013年柳絮飞扬的时候，我离开整整忙碌了三年的城市建设一线，走上新的工作岗位，并于当年9月开始着手文字整理事宜。这本文集主要收录了我1988年至2013年间的生活感悟、小品随笔等散文作品。由于我只是业余文学爱好者，受生活阅历、创作水平等所限，使得该文集在题材的深度与彰显的内涵等方面具有不可避免的局限性，权且作为一种对生命价值存在的纪念或对人生未来的美好期许吧。

　　在该文集的整理、编辑和出版过程中，除了老领导李晓秋先生的持续推动，更有著名书法家、安徽省文联副主席吴雪先生，著名散文家苏北先生，安徽文艺出版社社长朱寒冬先生、文化文教编辑部主任宋潇婧女士、责任编辑王婧婧女士，安徽合肥小古印务王元璋先生等一路的搀扶和呵护，还要对崔通宝、秦骏、徐世清、杜永生和陈东霞等文友的帮助鼓励一并致谢。正是因为有了这么多浸润温情的双手相携相助，该文集才得以顺利付梓面世，在此我谨表示由衷的感谢，并希望借此契机走出自我，去积极拥抱更加宽广的文学天地和美好未来。

2014年12月于滁州